Double feu

Djihad 4.0

Second tome de la trilogie
Exposée
Double feu
Quatorze juillet

Christophe Stener

A Sylvie,

en souvenir de Bréhat

Edition : BoD - Books on Demand
12/14 rond-point des Champs Elysées, 75008 Paris
Imprimé par Books on Demand GmbH, Norderstedt, Allemagne
ISBN : 9782322043880
Dépôt légal : Novembre 2015

Prologue

Je suis Charlie

Le lieutenant Malik Benamar de la DGSI, arriva à Fès le 6 janvier 2015 par le vol Transavia de 22 :40. En visite privée pour saluer ses parents, il avait décidé de dormir à l'hôtel avant d'aller déjeuner avec eux dans le quartier de leur petit appartement situé au fondouk el-Youdi, l'ancien quartier juif. Il finit de rédiger un rapport de mission dans sa chambre d'hôtel et, à midi, il cessa de travailler et alluma la télévision pour regarder les actualités sur TV5 Monde.

La chaîne de télévision affichait des images de voitures de police massée dans la rue Nicolas Appert, expliquant qu'un attentat venait de se produire au siège du journal satirique Charlie Hebdo. Malik reconnut les gardiens de la paix en blouson Police nationale, les brassards rouges des officiers de police en civil, une équipe de gros bras le crane rasé, des gars de la brigade anti-criminalité, estima-t-il. Des ambulances, nombreuses. La confusion et la pagaille des catastrophes, lors des premières minutes, avant qu'un échelon de commandement ne prenne les choses en main,

Les journalistes se bousculaient pour aller au plus près de la scène, repoussés peu à peu par un cordon de policiers. Les images statiques de la rue barrée par les forces de l'ordre étaient commentées en boucle avec la même formulation indécise : « Un attentat terroriste se serait déroulé au siège de Charlie hebdo. Presque toute la rédaction aurait été abattue par un ou plusieurs terroristes. » Faute de communiqués du gouvernement, les journalistes décrivaient la scène que chacun voyait à l'écran, de nombreux véhicules de police, des ambulances hurlantes, le désordre immédiat, la précipitation des forces de l'ordre, le mouvement apparemment brownien des secouristes et pompiers.

Malik comprit immédiatement que l'attentat était très grave quand la télévision annonça la venue sur place du ministre de l'intérieur.

Mettant la télévision en muet, il connecta son ordinateur avec la boite de cryptage à la prise ADSL de la chambre. Son identité d'agent secret français était supposée inconnue de l'hôtel mais les consignes étaient très strictes sur les échanges entre un officier en mission et le service central parisien. Il était interdit d'utiliser les réseaux publics comme ceux d'un hôtel pour transmettre des informations sensibles. Les échanges devaient, en cas d'urgence absolue, se faire sur des VPN en mode crypté. Les téléphones de service disposaient d'un brouilleur et d'un logiciel d'encryptage mais ne devaient pas être utilisés à l'étranger car le roaming via des opérateurs étrangers était jugé non sécurisé. Les agents en mission à l'étranger avaient pour consigne d'être le plus silencieux possible et d'éviter, autant que possible, toute activité électronique propice à un repérage par un service étranger hostile.

Si le trafic montant, l'upload, était proscrit, le download de fichiers dument cryptés par la centrale était jugé moins compromettant ; Malik établit donc à travers son ordinateur et sa boite de cryptage une connection sécurisée en VPN sur un serveur dont l'adresse était volontairement anodine pour ne pas attirer l'attention des cyber-analystes des services secrets ennemis. Les geeks de la division informatique de la DGSI avaient eu l'idée de dissimuler le site de diffusion des communiqués du service sur un site maquillé en site pornographique. Potaches, ils trouvèrent rigolo de cacher les flashs d'information sous les fesses callipyges de beautés dénudées. Perfectionnistes, ils allèrent jusqu'à créer des onglets de préférence : blonde, noire, asiatique, arabe… qui permettait aux agents de trouver la sélection de dépêches les concernant. Les agents mémorisèrent rapidement ce mode de navigation 'naturel'.

Afin d'éviter que le site ne soit indexé par les moteurs de recherche, le webmestre avait paramétré une option de non publication sur le net et, par précaution, le serveur et l'url étaient changés chaque semaine. L'url active était diffusée par note de service interne aux agents. De toute façon, un internaute qui se serait par hasard connecté au site, se trouvait bloqué par une demande de profil préexistant sans lui offrir la possibilité de se créer un profil et donc il restait bloqué sur la page d'accueil qui ressemblait à un site porno comme il en y avait des milliers sur le net.

Malik trouva donc sans effort sur les attentats un communiqué daté de quelques minutes :

Mercredi 7 janvier à 11:30, deux individus ont fait irruption dans les locaux du journal satirique Charlie hebdo et tué huit onze personnes : les dessinateurs Cabu, Charb, Honoré, Tignous, Wolinski, la psychanalyste Elsa Cayat, l'économiste Bernard Maris, le policier Franck Brinsolaro qui assurait la protection de Charb, le correcteur Mustapha Ourrad, Michel Renaud, fondateur du festival Rendez-vous du carnet de voyage, ainsi qu'un agent de maintenance Frédéric Boisseau. Le gardien de la paix, Ahmed Merabet, est tué sur le boulevard Richard-Lenoir par l'un des deux criminels, au cours de leur fuite. Le bilan final : douze personnes assassinées et onze autres blessées, dont quatre grièvement. Les assassins présumés sont les frères Kouachi dont l'un a oublié sa pièce d'identité dans un véhicule abandonné. Les frères Kouachi sont connus des services. La traque des criminels est lancée dans le cadre du plan Epervier.

La mort plana sur la France pendant deux jours.

Le jeudi 8 février, Amedy Coulibaly, complice probable des frères Kouachi, assassina Clarissa Jean-Philippe policière municipale martiniquaise à Montrouge.

Le vendredi 9 janvier, Amedy Coulibaly tua de sang froid quatre personnes de confession juive au cours d'une prise d'otages dans un supermarché casher à la porte de Vincennes.

Ce même vendredi, à 17 heures le Raid donna l'assaut au supermarché tuant le terroriste. Au même moment, les hommes du GIGN abattirent les frères Kouachi dans l'imprimerie où ils s'étaient retranchés, de Dammartin-en-Goële où ils étaient retranchés libérant un employé qui avait réussi à rester caché, informant les policiers pendant le siège.

Les assassins se réclamèrent d'Al-Qaïda dans la Péninsule Arabique (AQPA), qui revendiqua officiellement l'attentat.

Le dimanche 11 janvier 2015, plus d'un million et demi de personnes défilèrent à Paris dans une 'marche républicaine'. Le Président de la République, François Hollande, défila, accompagné de quarante-quatre chefs d'Etat et de gouvernement, juste derrière les familles des victimes.

Ce moment d'unité nationale fut exceptionnel, n'ayant d'égal par l'ampleur que les défilés du peuple français lors de libération de Paris le 25 août 1944. La foule de 1944 était en liesse, celle de 2015 refusait la barbarie islamiste et célébrait, dignement, pudiquement, le vivre ensemble dans la liberté, la paix et la laïcité.

Malik vécut à distance ces événements, sortant peu de sa chambre d'hôtel. Il appela Madeleine pour lui demander d'aller manifester avec Omar pour que son fils se souvienne de ce moment exceptionnel où le peuple de France s'était uni pour défendre la République.

Seul dans sa chambre de son hôtel à Doha, l'officier de police de la DGSI pleura en regardant, à la télévision, le beau peuple de France défiler. Madeleine lui envoya une photographie d'Omar juché sur les épaules de son grand-père arborant avec sérieux une affichette 'Je suis Charlie'. Malik fut fier d'être français, flic et musulman ce dimanche où le soleil d'hiver faisait briller les ors de du Génie de la Liberté couronnant le sommet de la colonne de Juillet, place de la Bastille à Paris.

1 - Assassinat d'un ambassadeur

Son Excellence Mustapha Khos, l'ambassadeur à Paris du Conseil National Syrien, le mouvement démocratique qui avait lancé en 2013 les manifestations contre la dictature de Bachar el-Assad en Syrie, dans l'espoir soulevé par les 'Printemps arabe', laissa, comme à l'habitude, sa voiture au premier niveau du parking Iris de l'esplanade Défense à Paris.

Ce vendredi soir, les milliers de cadres qui peuplaient les fourmilières verticales du quartier d'affaires, avaient déjà quitté leurs bureaux. Le parking était désert comme un mausolée. Les énormes colonnes de ciment, peintes de couleurs différentes et numérotées pour faciliter le repérage des usagers, formaient des alignements silencieux encadrant le damier des places. L'ancien ingénieur en physique nucléaire, diplômé 1980 de l'Université Lomonossow de Moscou, rangea sa modeste Renault Laguna, achetée d'occasion, avec ses quinze mille kilomètres au compteur, à la place 3056 du parking, près de l'ascenseur H, celui qui était le plus proche de son hôtel, l'hôtel Ibis Paris La Défense Centre où il louait, au mois, une chambre.

Le diplomate ne se résolvait pas à louer à l'année sa chambre d'hôtel ou à prendre un meublé dans le centre de Paris, espérant toujours que le gouvernement français finirait enfin par rompre ses relations diplomatiques avec la Syrie du dictateur au menton fuyant, mais les mois se succédaient, le statu quo perdurait et il gardait ses quartiers dans les quinze mètres carrés de sa chambre.

Certes la France condamnait la dictature et les exactions du tyran alaouite, mais ne se résolvait pas à proclamer hors la loi ce régime coupable de crimes de guerre contre son propre peuple. Les journalistes, après un bref moment, lors de sa prise de fonctions à Paris, de curiosité sympathique, pour le combat laïc et démocratique que Mustapha Khos incarnait, faisaient maintenant leur miel des crimes moyenâgeux d'Abu Bakr, nouvel Attila terrorisant l'Occident honni. Le combat digne des démocrates syriens ne faisait plus recette et, sur le terrain, les troupes de l'ASL avaient été décimées par la tenaille des soldats de l'armée loyaliste et des djihadistes islamistes sunnites.

Le Président français l'avait reçu à l'Elysée, avait posé sur le perron lui faisant une longue poignée de mains sur le perron du palais présidentiel; il l'avait assuré du soutien « indéfectible de la France, pays des valeurs humanistes », bla-bla-bla... Depuis le pas de clerc des américains, reculant devant le bombardement de la Syrie en septembre 2013, et cédant aux manœuvres de la Russie qui, offrant sa médiation auprès de Bassar al

Assad pour obtenir de lui l'engagement de destruction du stock d'armes chimiques dont il était avéré qu'il avait été utilisé contre ses propres populations civiles, le représentant de l'opposition syrienne démocrate devait solliciter une audience plusieurs semaines à l'avance avec le ministre des affaires étrangères. Celui-ci, le plus souvent, s'excusait au dernier moment et le faisait recevoir par son directeur de cabinet.

Mustapha Khos revenait, cette fin d'après-midi, d'un colloque organisé par l'université Panthéon-Sorbonne. Bien sûr, les applaudissements d'une assistance, acquise à défaut d'être nombreuse, avaient été réconfortants, mais l'ambassadeur savait que ce n'était pas des colloques universitaires qui influenceraient le gouvernement français. Ces colloques nombreux et consensuels étaient comme la queue d'une comète ayant brûlé toute sa matière, transformée en lumière en entrant dans l'atmosphère. L'énergie du Front démocratique syrien s'était dissipée en vain, se fracassant sur le mur de la Realpolitik occidentale qui apportait, depuis la campagne militaire éclair de Dah'ech de l'été 2014, un répit, pour ne pas dire un soutien de facto au régime d'Assad, en n'interdisant pas le ciel syrien aux avions et hélicoptères de l'armée loyaliste lâchant des barils de TNT sur des écoles et des marchés des villes tenues par les rebelles.

Le Président américain Barak Obama admettait implicitement l'insupportable contradiction de la position américaine qui semblait conforter sur le terrain le dictateur syrien tout en affirmant que ce dernier devait se retirer pour ouvrir la voie d'une solution politique. La France limitait son engagement militaire à l'Irak pour préserver l'apparence d'une cohérence diplomatique. Personne n'était dupe. Le Président russe, Vladimir Poutine, portait, lui, une lourde part de la responsabilité de la perpétuation du chaos de la guerre civile en bloquant les résolutions du Conseil de sécurité pendant l'été 2013, par son soutien inébranlable à la Syrie, avec comme seule préoccupation la préservation de sa base navale russe de Tartous, la seule base russe en Méditerranée. Sans pudeur, la Russie, à nouveau ouvertement impérialiste, critiquait sans vergogne « l'ingérence confuse des occidentaux dans les affaires intérieures syriennes » (sic). La coalition hétéroclite formé de monarchies sunnites, paniquées par la perspective d'un Etat islamique radical de l'Irak au Liban, de l'Iran, soutien de chiites massacrés par les sunnites fondamentalistes de Dah'ech et Jabhat al'Nosra, était vivement dénoncée par la propagande moscovite.

Mustapha Khos avait une fois de plus tenté d'expliquer à son auditoire les origines de cet imbroglio. Ne voulant pas faire usage du droit d'ingérence humanitaire pour des populations massacrées par leur dictateur, les gouvernements occidentaux s'étaient laissé enfermer dans la nasse des compromis et des demi-résolutions. Aux crimes de guerre de Bachar el-Assad avaient répondu les crimes de guerre des barbares islamistes. Dah'ech avait fait de la décapitation et de la crucifixion une arme de propagande pour terroriser les soldats syriens et irakiens et rallier des combattants fanatisés.

Une fois de plus, on avait écouté l'ambassadeur, plaint le martyr du peuple syrien, applaudi sa péroraison et puis chacun avait repris 'une occupation normale'.

C'était un vendredi soir. Le diplomate en exil trouvait un réconfort dans la perspective de parler et de voir, grâce à Skype, sa famille mise l'abri auprès d'uns sœur installée aux Etats-Unis. Il vivait seul à Paris. Par précaution, et par économie, car le Front national syrien ne recevait, à la différence, des mouvements fondamentalistes de diverses obédiences, aucun financement des pétromonarchies du Golfe. La CIA lui dispensait une maigre allocation, parce qu'il était le représentant le plus légitime de l'opposition démocratique, certes, mais aussi parce que c'était plus facile, comme au casino, de parier sur les noirs et les blancs. Il avait refusé une protection rapprochée proposée, un temps, par le gouvernement français.

Mustapha Khos écouta le flash de France info de 19:30 espérant que la station parle de la Syrie mais, par une convention implicite, les journaux radio et télévision, s'accordaient à réduire à la portion congrue les nouvelles internationales pour libérer du temps de parole aux annonces météo, au programme sportif du week-end, aux chroniques littéraires. On ne parla pas de la Syrie mais longuement d'un supposé tigre échappé en Seine-et-Oise.

Descendant de sa voiture, le diplomate se préparait à verrouiller sa portière avec sa clé car sa voiture était si ancienne qu'elle ne disposait pas d'un verrouillage électronique. Mustapha Khos ne vit pas l'homme, dissimulé dans l'ombre d'un pilier encadrant l'entrée de la batterie d'ascenseur, marcher vers lui d'un pas silencieux sur des semelles en feutre. Le tueur ajusta et tira, à bout presque portant, une balle dans la nuque penchée. Le pistolet à silencieux ne produisit qu'un claquement sourd, résonnant à peine sur le plafond bas du parking. Le tueur retourna du pied le corps et tira trois coups supplémentaires, au front et dans la région du cœur. Sans prendre le temps de chercher les douilles, il marcha d'un pas rapide vers sa victime, fouilla ses poches, y trouva un portefeuille dont il retira une clé magnétique siglée Ibis.

Il se dirigea vers le sas des ascenseurs situé à quelques mètres et remit la clé à un complice puis il en ressortit pour rejoindre sa voiture garée, sur le même niveau, quelques places plus bas, une Renault Laguna, portant un macaron Hertz. Roulant calmement, il quitta sans encombre le parking sous le regard indifférent des caméras qui filmaient les entrées et les sorties de véhicules. Le gardien du parking qui suivait un match de foot sur son téléphone portable ne leva pas les yeux à sa sortie.

Au sortir du quartier d'affaires de La Défense, la voiture du meurtrier obliqua par la voie sur berge vers le nord empruntant la départementale 7. S'arrêtant un instant sur le quai du Président Paul Doumer, à hauteur du pont de Courbevoie, le chauffeur descendit, alluma une cigarette, le temps de regarder des yeux un éventuel promeneur, et profitant d'une pause dans le trafic des voitures, il lança son arme dans la Seine.

2 - Le capitaine Morel

Lundi matin, le lieutenant Malik Benamar de la sous-direction anti-terrorisme de la DGSI découvrit dans la revue de presse quotidienne l'annonce de l'assassinat de l'ambassadeur Mustapha Khos. L'assassinat ayant été commis le vendredi soir, ses collègues de la Criminelle avaient du, raisonna Malik, garder sous embargo pendant quarante-huit heures le crime pour se donner un peu de champ pour enquêter plus tranquillement hors du brouhaha médiatique.

Il alla, à son habitude, partager le premier café de la journée avec le capitaine Morel, son supérieur, qui lui dit avoir reçu une alerte du directeur de la DGSI pendant le weekend. Malik et Morel étaient devenus très complices depuis leur enquête commune sur la libération de Marie Seclin enlevée par un réseau djihadiste lillois (cf. Exposée, T 1 des enquêtes du lieutenant Malik Benamar).

- Tu as appris l'assassinat de l'ambassadeur Mustapha Khos ? lança Morel qui poursuivit sans attendre la réponse de Malik, la Crim' est chargée de l'enquête mais ils nous demandent un homme pour rechercher les commanditaires du crime vu la personnalité de la victime. J'ai proposé au Directeur que tu sois l'officier de liaison avec la PJ. On n'a pas les coudées franches sur ce coup mais on ne peut pas laisser le Quai des orfèvres agiter le landernau islamiste en France sans discernement.

- Je vois. Tu connais le nom de l'officier chargé de l'enquête ?

- C'est le commissaire Duval. Je l'ai eu comme professeur à l'école de police. Il n'est pas trop bourrin et pas politique pour un sou. Tu devrais bien t'entendre avec lui. Je l'ai appelé ce matin. Il m'a envoyé son rapport sur les premières constatations de la police scientifique. Pas bézef d'indices.

Malik lut rapidement le rapport rédigé lors de la découverte du corps. Pas d'indices, à part cinq douilles de 9 mm et l'espoir d'identifier un suspect grâce aux caméras vidéo du parking. Le dépouillement des images était en cours. Etait joint le compte-rendu de l'agenda reconstitué de la journée de la victime. La facturette de son téléphone portable était attendue dans la matinée.

- Maigre, apprécia sobrement Malik.

- Oui. Des pros manifestement. Je serai surpris qu'on retrouve l'arme. Quand à la voiture, probablement volée et déjà passée au concasseur. Reste le signalement d'un automobiliste sortant du parking quelques minutes après le crime mais c'est tout sauf un meurtre crapuleux, on a retrouvé le portefeuille et la mallette de la victime, apparemment intactes. Donc le, ou les, types sont déjà loin. La Défense est à moins d'une heure d'Orly et de Roissy en voiture. Même un vendredi soir, avec les départs en weekend. Sans compter les TGV et l'Eurostar. On ne retrouvera jamais le tueur. Le tueur avait au moins un complice. La chambre du responsable syrien à l'hotel Ibis a en effet, m'a expliqué Duval, été cambriolé sans effraction. Le deuxième homme a du utiliser la clé électronique volée à la victime après son exécution par le premier complice. On pense que le visiteur a emprunté la rampe piétonne du parking de l'hôtel qui donne sur le même niveau que celui où la victime s'était garée. On a sur la caméra de vidéosurveillance du parking Ibis des images très nettes d'un homme de type européen entrant à 19:35 puis ressortant une vingtaine de minutes après. Il n'est pas fiché. Comme il marchait normalement et était habillé comme un cadre, le gardien a excusé son manque de vigilance en expliquant qu'il n'était pas inhabituel de voir des clients trouver plus rapide de récupérer leur voiture le parking par l'escalier de service desservant le niveau -1 que de passer par la dalle de l'hôtel et le hall de l'hôtel. On ne sait pas ce que les tueurs recherchaient dans la chambre. La chambre a été fouillée. On va essayer de faire parler l'ordinateur. On voudrait bien interroger les proches mais l'ambassadeur n'avait ni secrétaire ni garde du corps. En fait, il était seul membre de la représentation de la Syrie libre, sa famille est réfugiée aux Etats-Unis. C'est par la recherche des commanditaires que l'on pourra progresser. Et, là, c'est notre domaine de compétence.

Malik acquiesça d'un hochement de tête à l'analyse de Morel. Les deux hommes savaient que la police criminelle allait patauger avec aussi peu d'indices et qu'après avoir revendiqué leur primat sur l'affaire, elle allait leur refiler le bébé donc autant s'y mettre tout de suite.

Malik rentra dans son bureau et ferma les yeux pendant dix minutes cherchant à se vider l'esprit. C'était une technique qu'il avait apprise de son épouse Madeleine qui pratiquait le yoga. La relaxation obtenue lui permettait d'écrire sur une ardoise mentale sans préjugé, presque automatiquement, suivant son intuition, un peu comme la dictée automatique des surréalistes.

Malik ouvrit le petit carnet noir qui lui servait à consigner ses cheminements lors des errements de ses enquêtes; il écrivit :

Victime : Mustapha Khos

Fonction : ambassadeur, représentant en France du Conseil national de Libération de Syrie, opposition démocratique au régime de Bachar el-Assad

Formation :
Il rechercha la fiche de Mustapha Khos sur la base de données de la DGSI et nota :
Terminale au lycée français de Beyrouth
Ingénieur en génie atomique, diplômé de l'Université de Moscou 1991

Carrière :
- officielle : Haut fonctionnaire au ministère syrien des ressources naturelles
- possible : coopération avec l'Iran sur leur programme nucléaire (?)

Confession :
chrétien maronite

Famille :
marié à Aïcha Khos, libanaise, musulmane sunnite, trois enfants

Résidence :
Hôtel Ibis - La Défense Centre 92400 Courbevoie

Femme et enfants réfugiés aux Etats-Unis à Newark (New Jersey USA) chez la sœur de Mustapha Khos : adresse inconnue

Commanditaires possibles de l'assassinat :

- Régime syrien : suspect le plus évident; crime signé 'services secrets'
- Mouvements islamistes : possible mais pourquoi et modus operandi peu crédible
- Qatar : peu probable mais possible, compte tenu de la collusion Qatar/mouvements islamistes dénoncée par Mustapha Khos dans les médias français

Par esprit de méthode, il rajouta, après un instant de réflexion:
- Mossad : provocation mais quel bénéfice ?
- Russie : pour le compte des syriens vu le modus operandi
- Autre : ??

Question centrale : quel était le document recherché dans la chambre de la victime ?

Il ouvrit une seconde page dans son carnet qu'il titra : 'Commanditaire : Syrie ?'

L'intuition de Malik ne le dirigeait pas d'emblée vers la piste syrienne mais elle s'imposait à lui et il résolut de focaliser ses premières investigations sur celle-ci.

Il nota ses premières réflexions sur la piste syrienne.
Quel bénéfice pour la Syrie ? Le diplomate était une figure respectée de l'opposition syrienne mais en rien un

homme clé du Conseil national du Front national de Libération de la Syrie. Il serait remplacé rapidement après les hommages d'usage. Son action en France était plus celle d'un émissaire du Président du Conseil national syrien que celle d'un leader international. La Syrie savait qu'elle serait la première suspectée et, sans preuves, accusée explicitement par les médias français. Même sans risquer une crise diplomatique comparable à celle provoquée par l'assassinat de Chapour Bakhtiar par l'ayatollah Khomeiny en 1991 et à l'exfiltration ratée des agents de la Sawak vers la Suisse, pourquoi exposer la Syrie à la vindicte renforcée des démocraties occidentales alors que, volens nolens, celles-ci remettaient dans le jeu international la dictature alaouite, peste préférée au choléra islamiste. La Russie travaillait sans relâche pour faire de la dictature alaouite une pièce d'un règlement diplomatique de la guerre civile.

Le lieutenant Malik Benamar comprit que seule la fouille de l'appartement du diplomate pouvait orienter ses recherches sur le commanditaire du crime; il appela le commissaire Duval qui lui donna rendez-vous dès le lendemain à la Préfecture de police, Quai des Orfèvres.

3 - La guerre des polices n'aura pas lieu

La 'guerre des polices', c'est de la littérature policière. La lutte contre le terrorisme avait renforcé la collaboration entre les divers services du ministère de l'intérieur y contribuant : DGSI, section anti-terroriste de la Police judiciaire, Gendarmerie mais aussi la cellule spécialisée du ministère de la défense, le bureau EMS3 de la Direction de l'administration pénitentiaire au ministère de la justice, chargé du suivi des détenus signalés. Un préfet avait même été nommé pour assurer la bonne coordination.

Le Commissaire Paul Duval de la Brigade criminelle reçut Malik en compagnie d'un autre policier qu'il lui présenta :

- Lieutenant Robert Gentil, chargé de l'enquête ; il va vous faire le briefing.

Malik serra la main de son collègue, âgé d'une trentaine d'années comme lui. Gentil fit la synthèse des éléments rassemblés :

- L'ambassadeur a été tué par un tueur de manière très professionnelle. Nous avons retrouvé sur les vidéos du parking l'entrée d'un véhicule à 18:45 et la sortie du présumé tueur à 19:37. Nous pensons que l'heure de départ du véhicule de l'ambassadeur à la fin d'un colloque à Panthéon-Sorbonne a été signalée par un complice car le tueur n'est entré qu'une grande demi-heure avant l'assassinat, le temps de se mettre en planque mais pas trop tôt pour réduire les risques de se faire remarquer par un éventuel vigile. Un repérage des habitudes de la victime avait certainement été effectué permettant au tueur d'attendre dissimulé à quelques mètres de la place de stationnement, probablement caché derrière un pilier. L'ambassadeur a manqué à toutes les règles de prudence en se garant à la même place le vendredi, place qu'il appréciait pour sa proximité de l'ascenseur et de l'escalier de service. Il s'agissait d'une équipe sur place de deux complices : un tueur et un cambrioleur. Nous pensons que le tueur a agi seul. C'est plus discret et l'analyse balistique conclut à une seule arme, du 9 mm, à silencieux certainement, car aucun des automobilistes en transit aux alentours de 19:30, heure présumée du meurtre, n'a entendu de coups de feu. L'interrogation de tous les automobilistes sortis entre 19 :30 et 20 :00 permet de penser cet homme qui bien est le meurtrier. Le meurtrier aurait pu choisir de venir et repartir à pied mais nous avons deux éléments convergents pour tenir pour suspecte cette voiture en particulier : la plaque de la voiture est celle d'un véhicule loué le matin même par un ressortissant saoudien à l'agence Hertz de l'aéroport Charles de

Gaulle sous l'identité de Abou Walid. Nous avons la photocopie du passeport et du permis de conduire du présumé tueur. Le ministère de la police saoudien nous a informés qu'il s'agissait de faux, des contrefaçons, plutôt bien faites selon eux. L'employé de l'agence a reconnu le client sur les images de la vidéo du parking. Il se souvient seulement d'un homme poli, discret, s'exprimant en anglais avec un fort accent arabe. On a retrouvé le passage du soit disant Abou Walid au contrôle de la PAF de Charles de Gaulle pour un vol en partance pour Doha à 21:45 sur un vol Qatar Airways. Le billet business avait été acheté cash à l'agence de voyages Wagons lits de la Défense le matin même. L'agence explique qu'il n'est pas rare que des riches 'Arabes du Golfe' paient avec des billets de cent euros leur 'menues dépenses'. Le suspect a disparu dans la nature à son arrivée au Qatar. On a lancé un signalement Interpol du second homme, le supposé cambrioleur, le 8 en fin de journée, le temps d'exploiter les images de vidéo surveillance du parking de l'hôtel mais je doute de notre capacité à le retrouver sur une alerte vieille de presque 36 heures. J'attends les résultats complets de la section scientifique mais nous pensons que les deux complices étaient gantés et, pour parler franc, je n'en espère pas grand chose; ils se sont évanouis comme un mirage.

S'agissant d'un meurtre ni crapuleux ni passionnel mais d'un assassinat commandité et perpétré par des professionnels, Malik comprenait l'absence de pistes concrètes de l'équipe. Il se livra, à voix haute, à une série de conjectures en forme interrogative :

- Ce qui me surprend, c'est le lien entre le meurtre et le cambriolage. Tuer pour récupérer une clé magnétique a peu de sens, sauf à vouloir punir la victime, envoyer un message politique ou éliminer un témoin compromettant. Tuer suppose que l'équipe savait ce qu'elle cherchait et où chercher, dans la chambre, car ils n'ont pas eu le temps matériel de conduire un interrogatoire… Mais ont-ils trouvé ce qu'ils cherchaient ? Le crime n'est pas revendiqué donc il ne peut être signé que par la nature du document, nature que l'on doit rechercher. Un crime visant à la simple élimination d'un opposant au régime alaouite est, me semble-t-il, peu probable. Mustapha Khos n'était pas un dirigeant clé. Si le Président Assad voulait frapper à la tête, c'est Georges Sabra qui aurait été assassiné. Mustapha Khos n'est pas le Chapour Bakhtiar syrien. C'est le cambriolage, bien plus que l'assassinat, qui me semble être l'objectif poursuivi. L'hypothèse d'une complicité au sein des personnes membres ou sympathisantes du Front national syrien, en France ou en Syrie ne peut être écarté à ce stade. La Syrie est le coupable idéal mais, à notre connaissance, la Syrie ne se livre pas à des éliminations d'opposants à l'étranger. Celle de l'ambassadeur serait une première et très risquée pour un régime qui essaie de ré-rentrer dans le jeu diplomatique. La nature du document est à rechercher dans celle des secrets éventuels que pouvait détenir l'ambassadeur Mustapha Khos de ses fonctions actuelles de représentant de l'opposition démocratique ou de ses activités antérieures en tant qu'ingénieur en génie nucléaire. Ce qui ouvre une piste iranienne compte tenu du programme de collaboration nucléaire entre la Syrie et l'Iran. Des preuves des crimes de guerre d'Assad sur son propre peuple ? Peu probable, le dossier rassemblé par les ONG comme Human rights watch est déjà largement suffisant pour traduire el-Assad et sa clique devant la Cour de justice internationale de La Haye. Le dossier des armes chimiques est connu de tous les services de renseignements occidentaux et de la Commission chargé de contrôler leur destruction. Aucune révélation n'est attendue. On sait déjà que le régime triche. La Syrie n'a plus, selon nous, de capacités à intervenir à l'extérieur. La collusion entre la Syrie et la Russie est, quant à elle, publique. Nul besoin de le documenter plus avant. Le mode opératoire pourrait être celui de services secrets russes mais le tueur semble être arabe et je ne vois pas, sauf à vouloir signer Syrie pourquoi employer un tueur arabophone. Donc la piste russe est peu probable mais ne peur être écartée à ce stade. Pourtant, le bénéfice d'éliminer un opposant est faible pour la Syrie au regard du risque de crise diplomatique alors que la Syrie essaie de rentrer dans le jeu international en proposant des plans de cessez-le-feu à Alep et en agitant le spectre de Dah'ech, prétendant jouer le rôle de rempart, d'allié objectif de la coalition internationale. Non, décidément, la piste syrienne, même si elle est la plus évidente, ne me paraît pas la plus probable. Un assassinat commandité par le Président Assad serait une erreur. Ce régime est criminel mais rationnel. Je pense qu'il faut chercher ailleurs le donneur d'ordre.

Le lieutenant Robert Gentil, qui n'avait pas interrompu le long soliloque de son collègue de la DGSI, comprit alors que l'enquête lui échappait mais, pour faire bonne figure, il demanda aimablement :

- Ce qui serait sympa, Malik, c'est que tu m'expliques les tenants et aboutissements de cette guerre civile en Syrie pour que je ne sois pas trop nigaud.

- Volontiers, si tu m'offres un café ! répondit Malik qui le trouvait également sympathique et était rassuré de ne pas se trouver au centre d'une guerre des polices.

4 - Al Jazzera

Devant l'absence d'indices tangibles sur l'hypothèse d'une responsabilité du gouvernement syrien de el-Assad, Malik décida d'explorer la piste qatarie.

- C'est un peu obsessionnel chez toi ! lui reprocha Morel en lui renouvelant ses instructions de la plus grande prudence pour rassembler des éventuelles preuves car un incident diplomatique entre la France et le Qatar pouvait définitivement compromettre le succès de la vente de Rafale à l'émirat.

Dassault aviation utilisait en effet tous ses relais pour réussir enfin une vente à l'export. Le lobby militaro-politique français tout entier était engagé pour ce succès. Elus de gauche comme de droite soutenait ce dossier compte tenu des répercussions espérées en termes d'emploi. Le Figaro, filiale du groupe Dassault, distillait les articles orientés. Malgré des polémiques sur les pratiques électorales de son sénateur de dirigeant et quelques présumées évasions fiscales en Suisse, Dassault restait une vache sacrée pour l'establishment français.

Malik n'hésita pas; il demanda au capitaine Morel la mise sur écoute et en filature d'Amirah Arhab, la journaliste d'Al Jazzera, agent d'influence sous le pavillon de correspondante de la chaîne câblée qatarie à Paris. Depuis sa tentative de séduction au Prix de l'Arc de Triomphe, il n'avait pas revu la gazelle. Sollicitée pour connaître le lieu de résidence de Yussuf Al-Qaradawi, l'ex prédicateur vedette de la chaîne, expulsé de Doha pour affinités avec les Frères musulmans, et surtout afin de donner des gages exigés par l'Arabie Saoudite qui avait mis le petit émirat à l'index des pays du Golfe, la journaliste n'était jamais revenue à Malik.

La mise sous écoute d'une ressortissante étrangère, d'une journaliste, qatarie de surcroît, n'était pas une mesure anodine et Morel demanda à Malik de venir plaider son dossier auprès du directeur Paul Vralac.

- Alors, Benamar, vous voulez vraiment que je saute ou quoi ? l'apostropha pince-sans-rire le Directeur en les accueillant dans son bureau.

- Non monsieur le Directeur, mais je pense qu'il faut soulever quelques pierres pour voir s'il n'y a pas un poisson pierre parmi elles.

- Vous pouvez vous expliquer plus clairement et pas par allégories ?

- Le Poisson-pierre ou Synancée (*Synanceia verrucosa*) est une espèce de poisson de la famille des Scorpaenidae, réputé pour être le plus venimeux au monde... commença Malik qui se rendit compte de son impertinence en voyant le sourcil levé du patron et l'air interloqué de Morel ... Oui, enfin, c'est une image. Mon intuition se fonde sur la tentative d'attentat dont j'ai été victime au cours de cette enquête. Nous n'avons toujours pas identifié les auteurs de cette tentative de meurtre. Or, si ce n'était pas des djihadistes, reste la piste qatarie. Mon enquête, ou ce que je pouvais découvrir à l'occasion de mon enquête, pouvait, je le pense, compromettre le Qatar. C'est une supputation mais elle mérite d'être clarifiée. Il est certes trop risqué de mettre sous surveillance des membres de la dynastie en visite à Paris ou même Nasser Al-Khelaïfi, le dirigeant du PSG. La personne qui peut nous en apprendre le plus est Amirah Arhab, la journaliste d'Al Jazzera, conclut Malik.

- Lieutenant, je suis impressionné par votre savoir ichtyologique, moins par votre argumentaire. C'est un peu court comme déductions pour décider de mettre votre supposée Mata-Hari sous surveillance. Le Qatar n'était pour rien dans l'enlèvement de Marie Seclin, cela c'est un fait et nous le savons, grâce à vous puisque vous avez, avec Morel, démantelé la cellule lilloise de Dah'ech. (cf T 1 Trilogie) Je respecte votre intuition mais je reste non convaincu sur ce coup là.

Malik décida alors de jouer franc jeu avec ses chefs. Il fit donc le récit de la tentative de séduction de la journaliste pour le convaincre que le Qatar n'avait rien à voir dans le rapt et le viol de Marie Seclin mais s'était démasqué en l'invitant au Prix de l'Arc de Triomphe.

- Ce traitement VIP d'un flic de base était tout à fait disproportionné; il trahit une intention secrète selon moi. My name is not James Bond... blagua pauvrement Malik pour atténuer le ressenti de ces aveux tardifs.

- Vous étiez informé de ces mondanités, Morel ? interrogea le Directeur.

- Non, répondit laconiquement le supérieur direct de Malik, fâché de ce manquement aux règles internes au service et, encore plus, du manque de confiance de son adjoint et ami.

- Lieutenant, je ne peux que me surprendre que vous ayez pris de telles libertés avec les procédures. Je crois même me souvenir avoir expressément demandé aux agents du service de n'avoir aucun contact avec les médias. Je devrais vous retirer l'affaire mais cela ferait désordre car j'ai reçu un coup de fil du Commissaire Paul Duval qui se félicite de la qualité de votre collaboration avec le Lieutenant Robert Gentil. Donc, on ne change rien mais, j'espère que c'est la dernière fois que je vous rappelle à l'ordre sans frais. On s'est bien compris ?

Malik opina silencieusement.

Morel et lui quittaient la pièce quand le Directeur les interpella :

- Et puis pour votre mise sous écoute de la belle Amirah, c'est OK. Elle m'a fait la danse du ventre, lors de la réception offerte par le Qatar à l'occasion de l'inauguration de l'hôtel Peninsula en août 2014. Vous voyez Benamar, moi aussi j'ai des relations VIP... Plus sérieusement, je ne la sens pas non plus ce succube. Mettez la sous surveillance. Je signe l'ordre dés aujourd'hui.

Malik sortit du bureau avec Morel qui commenta :

- On a eu chaud aux fesses. Ceci dit, il va falloir jouer serré. Au fait, tu sais ce que c'est qu'un succube toi ?

- Non, répondit Malik qui, rentré dans son bureau, en trouva la définition sur Wikipedia :
Un succube est un personnage de légendes. Démons qui prennent la forme d'une femme pour séduire un homme durant son sommeil et ses rêves, les succubes servent

Lilith et ont pour mode d'action la séduction des hommes. Leur pendant masculin est l'incube.

- Je ne savais pas le directeur adepte des sciences occultes, se dit Malik qui se souvint des récits terrifiants de sa grand-mère kabyle sur les al Djinns al 'achiq, ces démons amoureux qui habitent le corps d'une personne, et se marient dans le monde des rêves avec la personne possédée. Je vais appeler Madeleine, mon succube à moi blagua-t-il, Pas sûr qu'elle en rit si elle savait son nouveau petit nom.

5 - La veuve

Le conseiller militaire de l'ambassade de France à Washington avait pris contact dès l'annonce de l'assassinat de son mari avec la veuve de Mustapha Khos pour lui présenter les condoléances de la France. Les autorités françaises se sentaient un peu responsables de sa mort car, même si l'ambassadeur avait refusé une protection rapprochée, les conditions de séjour du leader syrien, vivant chichement dans un hôtel de proche banlieue, ne faisaient pas honneur à la France.

Le ministre des affaires étrangères s'était fendu d'un communiqué en forme d'eulogie pour célébrer les qualités du défunt. Cet éloge funèbre tardif passa inaperçu dans les journaux télévisés qui parlaient d'un nouveau Chapour Bakhtiar par référence au Premier ministre iranien assassiné par les sicaires de l'imam Khomeiny en 1991 à Suresnes. Cette référence faisait souvenir des 'années Mitterrand' où l'actuel ministre des affaires étrangères avait exercé les plus hautes fonctions. Les échotiers critiquaient l'impotence supposée de la police française et polémiquaient sur un échec des services secrets français. Les plus virulents évoquaient sournoisement le scandaleux ratage du Rainbow Warrior de 1985 qui avait mis ce même ministre, alors Premier ministre, dans l'embarras.

Les attaques journalistiques faciles contre les barbouzes français irritaient un peu Paul Vralac, le directeur de la DGSI mais, avant tout policier; il était surtout préoccupé par l'absence d'indices permettant de pister les tueurs.

Malik proposa d'organiser une visioconférence avec Aïcha Khos, la veuve, car il fallait aller vite et il ne pouvait s'en remettre à un interrogatoire conduit par l'attaché militaire de l'ambassade de France. La veuve accepta une rencontre via Skype le vendredi 13 février avec l'enquêteur français.

Malik lui présenta les condoléances d'usage puis l'informa, à sa demande, des circonstances du meurtre. Il dut fournir le plus de détails possibles, indiquant que son époux n'avait probablement pas vu venir son assassin et qu'il était mort sur le coup de la première balle, les autres balles n'ayant pas été des coups de grâce mais le geste d'un tueur professionnel ne laissant rien au hasard.

La veuve garda le silence un instant, semblant trouver un peu de réconfort à l'idée que son mari n'avait pas souffert. Elle demanda que le corps soit transféré aux Etats-Unis pour les funérailles malgré les prescriptions coraniques qui exigent un enterrement rapide. Son mari était chrétien maronite et elle entendait lui faire des obsèques laïques par respect. Malik l'assura que le gouvernement français prendrait les dispositions que l'examen par le médecin légiste serait achevé.

- Madame Khos, votre mari était un homme courageux car menacé en permanence mais vous aurait-il fait part récemment d'une menace spécifique, immédiate, nouvelle ?

Prenant le temps de réfléchir, la veuve répondit :

- Non. La dernière fois que l'on s'était parlé, c'était le vendredi précédent. Il avait partagé avec moi le bilan frustrant de sa semaine passée à mobiliser sans relâche l'opinion publique française. On avait parlé de la famille mais rien de notable. Il ne m'avait pas semblé particulièrement inquiet pour sa sécurité. Fatigué, oui, très fatigué mais anxieux, non.

- Aurait-il évoqué un dossier particulier, un contact nouveau, important pour son combat ?"

- A vrai dire, mon mari ne me parlait pas beaucoup de son travail. Il préférait consacrer tout le temps de nos visioconférences à parler de la famille, à réitérer sa confiance dans l'issue, quand le dictateur Bachar el-Assad aurait été enfin démis par la coalition internationale. Il vilipendait les russes qui armaient et protégeaient le bourreau. Les iraniens aussi... Mais tout cela, vous le savez, les turcs, les iraniens, les russes et les israéliens sont prêts à mourir jusqu'au dernier syrien, conclut-elle avec amertume d'une voix tremblante.

Malik, après une brève pause pour lui permettre de se reprendre, relança :

- Le fait que ce soit votre mari, certes un dirigeant important de l'opposition démocratique au régime actuel syrien qui ai été frappé, mais pas le Président du Conseil national syrien, nous fait penser qu'il constituait une menace personnelle pour l'une des parties au conflit. La question est quelle menace ?

- Je suis désolée. Je voudrais évidemment vous aider à trouver les assassins et surtout le donneur d'ordre. Pour moi c'est le tyran Assad mais je comprends que vous avez besoin d'éléments pour étayer votre enquête. La seule chose qui me revient en vous écoutant, c'est une phrase qu'il m'a dite, il y a peut-être un mois, au sujet d'un contact dans une entreprise de l'armement au sujet du contrat des avions Rafale en cours de négociation entre la France et le Qatar. Il m'a semblé très excité comme s'il avait trouvé une preuve sur quelque chose mais il ne m'en a pas dit plus.

- Merci, madame Khos. A nouveau, nos sincères condoléances pour la perte de votre mari. Nous prenons, le plus rapidement possible, les dispositions pour le rapatriement du corps de votre époux aux Etats-Unis. Le conseiller militaire de l'ambassade vous tient informée.

La fenêtre Skype se voila de noir comme un catafalque.

Malik réfléchit à l'information donnée par la veuve du diplomate.

Décidément, le Qatar apparaissait trop souvent dans cette affaire pour que ce soit anodin.

Il se félicita d'avoir obtenu du directeur une mise sous écoute de la correspondante à Paris d'Al Jazeera.

6 - Succube ou Mata-Hari ?

La correspondante à Paris d' Al Jazeera fut mise sur écoute dès le 12 février par la DGSI. Le téléphone portable Vertu que Malik avait aperçu lors de leur rencontres précédentes, fut 'branché'. Une dérivation posée sur le réseau câblé de son immeuble résidentiel donna accès direct à l'ordinateur personnel de la journaliste où un mouchard fut infiltré. Par contre, la DGSI décida, au moins dans un premier temps, de ne pas placer de logiciels espions sur les ordinateurs des bureaux de la chaîne qatarie car ils risquaient d'être repérés par un bon expert de sécurité informatique. Une balise fut également posée sur la Maserati de la journaliste pour en faciliter la filature.

La traque commença.

La journaliste disposait d'un superbe appartement de fonctions, avenue Charles Floquet, au troisième étage d'un immeuble dont les fenêtres ouvraient sur le Champ de Mars. Un PDG du CAC 40 partageait cette adresse ainsi qu'un ancien dirigeant africain qui disposait d'un garde du corps. L'immeuble était sécurisé par des caméras reliées au service Securitas VIP. La DGSI posta un agent de l'autre côté du Champ de Mars en haut d'un immeuble de l'avenue Emile Deschanel.

Les arbres dénudés en cet hiver, permettaient de filmer l'activité dans l'appartement mais à trop grande distance pour utiliser un micro directionnel.

La surveillance visuelle permit de voir que la journaliste disposait également d'un téléphone satellitaire Thuraya. La possession de ce téléphone commercialisé par une entreprise des Emirats Arabes Unis, n'était pas en soi surprenante. C'est le téléphone préféré des reporters sur le terrain compte tenu de son excellente couverture au Moyen-Orient mais son usage à Paris intriguait. L'écoute du téléphone satellitaire de la journaliste fut donc également mise en place. La journaliste cryptait ses échanges, ce qui dénotait un sens poussé de la sécurité, mais les experts de la DGSI surent décrypter les échanges.

La journaliste avait un emploi du temps assez prédictible. Le matin, elle se levait vers sept heures, allait faire un quart d'heure de jogging dans les allées du Champ de Mars puis prenait sa voiture pour rejoindre l'ambassade du Qatar où elle restait environ une heure. Malik pensa qu'elle s'accordait avec l'équipe diplomatique sur les éléments de langage sur les événements du jour car la chaîne câblée est un outil majeur de la communication du Diwan. Parfois, elle commençait par un petit-déjeuner de travail au Plaza Athénée ou au Fouquet's. Elle y rencontrait principalement des personnalités du monde politique et des affaires, moins souvent des confrères journalistes. Sa fin de matinée était consacrée à des soins de beauté quotidiens chez Caron, avenue Montaigne. Un déjeuner de travail ensuite, avec une relation d'affaires ou des médias, puis elle se rendait dans les locaux d'Al Jazeera, 33 avenue du Maine. Malik supposait qu'elle y rédigeait des mails d'actualité à destination de la rédaction de Doha. Peut-être y faisait-elle également des visioconférences ? Dés dix-sept heures, elle reprenait sa voiture pour participer à des cocktails, des premières culturelles ou avoir encore un apéritif avec telle ou telle personnalité. Une journée très active donc, entièrement consacrée aux relations publiques. Couche tôt, elle rentrait chez elle pour dîner chez elle, seule, vers 21:00. Son ordinateur personnel lui servait principalement pour bavarder avec son unique fille qui faisait des études à Princeton aux Etats-Unis. Elle appelait ses parents à Doha, une fois par semaine, le vendredi matin tôt, compte tenu du décalage horaire.

Plusieurs semaines de surveillance reproduisirent la même routine. Des relations rencontrées, Malik ne pouvait rien tirer d'utile. Ses rendez-vous étaient publics, avec des personnalités qui n'avaient aucun souci de se cacher, faisant partie du 'tout Paris'. Ses échanges téléphoniques étaient anodins, des conversations de travail pour convenir de rendez-vous, commander des courses à livrer chez elle chez le traiteur libanais Noura ou Fauchon. Elle n'utilisait son ordinateur personnel que pour échanger quelques mails avec sa fille et une sœur habitant Doha.

Pas d'animaux, pas d'enfants, pas de maris, pas d'amants. Une vie organisée, presque austère, rangée malgré le glamour apparent.

7 – Balbec

Au bout de trois semaines de vaine filature, Malik désespérait; il envisagea d'arrêter la surveillance qui mobilisait deux agents du service quand, enfin, la faille apparut dans la vie trop bien réglée de la belle Amirah.

Ce vendredi 27 février, la journaliste rompit avec ses habitudes; elle prit dès quinze heures l'autoroute de Normandie. Malik reçut une alerte de la part de l'équipe qui, ne disposant que d'une seule voiture n'osait prendre en chasse la Maserati qui roulait à vive allure, ne respectant pas la limitation de vitesse, et craignait de se faire repérer sur l'autoroute A13 encore peu chargé en ce début de week-end. Malik donna la consigne de laisser la voiture de la journaliste prendre du champ et de la suivre à distance grâce au repérage GPS de la balise.

Malik crut qu'elle allait se rendre à Deauville mais, à Pont l'Evêque, la voiture obliqua en direction de Cabourg. Si la station proustienne était presque déserte en cette saison à part quelques familles venues pour les vacances scolaires de février, la journaliste fut désagréablement surprise de découvrir une forte affluence au Grand Hôtel, réservé, presque en totalité, par la réunion de lancement de l'année des commerciaux de l'entreprise HP. Le hall bruissait de la conversation animée de quelques dizaines de jeunes cadres, rivalisant de fausse jovialité, en tenue de jogging pour la course à pied sur la digue, première activité de motivation du séminaire. Le parking était empli de voitures de fonctions des commerciaux mais Amirah trouva, par chance, une place. La journaliste qatarie passa rapidement au milieu de l'attroupement suivie du regard appréciateur de quelques bellâtres, prit ses clés et monta dans sa chambre.

L'équipe de la DGSI retrouva la Maserati garée sur le parking privé du Grand hôtel de Cabourg. Le directeur de l'hôtel, au vu de leur carte de service, les informa que madame Arhab était une habituée qui avait réservé une chambre avec vue sur mer pour le week-end. La consultation des autres réservations révéla une réservation au nom d'Alexandre Ziad, la relation amicale de Jean-Marie de Richepain, ceux-là mêmes que Malik avait aperçu, lors de son enquête sur Marie Seclin, se retrouver au Plaza Athénée, le même jour où il y rencontrait Amirah Arhab. Malik avait appris à ne pas croire aux coïncidences. Les deux chambres étaient contiguës et pouvaient être rendues communicantes par une porte intérieure indiqua le taulier.

Alexandre Ziad faisait profession d'intermédiaire officieux sur des dossiers d'exportation de la France vers les états arabes du Maghreb et du Golfe. Il prospérait toujours même si le changement de Président de la République en 2012 l'avait, un temps, mais un temps seulement, ostracisé compte tenu de ses liens étroits avec le Secrétaire général de l'Elysée sortant.

Les deux protagonistes avaient donc rendez-vous mais pourquoi aller à plus de deux heures de Paris pour parler affaires ? Et de quelles affaires ?

Malik demanda aux agents de prendre une chambre également et de se livrer à une surveillance rapprochée. L'hôtel étant complet, le directeur leur céda une chambre de service sous les combles.

Ostensiblement, les deux suspects firent semblant de s'ignorer, ayant réservé des tables séparées dans le restaurant ouvrant sur la digue que décrit Proust dans Les jeunes filles en fleurs ainsi : *« Cette salle à manger de Balbec, apparaissait nue, emplie de soleil vert comme l'eau d'une piscine. A quelques mètres de celle-ci, la marée pleine et le grand jour élevaient, comme devant la cité céleste, un rempart indestructible et mobile d'émeraude et d'or. »*

L'un des agents profita du dîner des deux comploteurs surveillés par son collègue pour sonoriser leurs chambres.

Amirah et Alexandre dînaient à des tables séparées, sans échanger même un regard. Amirah quitta le restaurant la première, suivie dix minutes plus tard par Alexandre Ziad.

Les deux agents rejoignirent leur cage à poules et se mirent à l'écoute.

Dés que 'le bel Alexandre' rejoignit sa chambre, il ouvrit la porte de communication pour rejoindre la belle qatarie dans la sienne.

- Enfin ! dit-elle seulement.

L'homme ne répondit pas mais les bruits ultérieurs furent ceux d'un couple s'ébattant amoureusement.

Leurs corps apaisés, ils ouvrirent une bouteille de champagne que la journaliste avait commandé au room service en attendant son amant.

Après une ou deux coupes, ils parlèrent affaires.

- As-tu pu confirmer le montant de la commission sur la vente des Rafale auprès de ton contact au ministère de la défense ? demanda Alexandre.

- Oui. Il est d'accord sur trente millions d'euros. De ton côté, as-tu pu en parler avec ton homme chez Dassault ?

- C'est OK pour eux aussi. La commission doit être virée par Dassault sur mon compte en Suisse. Je rétrocède sa part à ton contact moins les cinq millions que l'on se partage fifty/fifty.

Ils trinquèrent à nouveau à ces heureuses perspectives.

Amirah reprit :

- Heureusement, que cette ridicule histoire de vidéo porno islamiste a été réglée. Le battage autour d'une supposée implication du Qatar commençait à faire désordre. Ce petit flic de la DGSI ne voulait rien comprendre mais au moins ils ont eu la bonne idée de flinguer tout ce petit monde. Les morts ne parlent pas. On est tranquilles maintenant.

- Je suis d'accord avec toi, d'autant que le Qatar, pour le coup, était innocent dans le rapt et le viol de cette gamine, répliqua Alexandre qui poursuivit, mais c'était quand même une connerie de votre part de vouloir se débarrasser de ce flic. On n'écrase pas impunément un agent de la DGSI dans les rues de Paris. En plus vous l'avez raté !

- On n'est jamais trop prudent. Il était malin. S'il avait réussi à prendre vivant les deux lillois, il aurait pu remonter au financement de la cellule et, ça il n'en était pas question, répondit son amant, de toutes façons, il est impossible de retrouver notre équipe qui a été exfiltrée au Liban. Rien ne permet de remonter à nous. C'est plutôt Mustapha Khos qui m'a inquiété. Heureusement que l'on a pu mettre la main sur la clé USB qu'il cachait dans sa chambre d'hôtel. Si l'on n'avait pas appris à temps, par notre taupe au cabinet du Conseil national syrien que Khos se préparait à publier des preuves sur les rétrocommissions sur des contrats passés entre le Qatar et la France ayant servi de moyen de financement du Hamas, on aurait du gérer une crise diplomatique majeure. On a ainsi pu également identifier et éliminer l'informateur chez Dassault.

Malik écoutait de son bureau dans les locaux de la DGSI à Paris la conversation. Il apprenait enfin qui avait voulu le tuer lors de son enquête précédente pour retrouver et libérer la jeune fille capturé et violée par la cellule lilloise de Dah'ech.

Il pouvait décider immédiatement d'ordonner à l'équipe d'arrêter les deux conspirateurs mais avait-il vraiment de quoi les faire inculper ?

Tant qu'aucune commission occulte n'avait versé, aucune charge ne pesait sur Alexandre Ziad qui était innocent des attaques contre lui et de l'assassinat du journaliste. Quant à la journaliste, elle était ressortissante qatarie et il était impossible à Malik d'agir sans l'aval du directeur de la DGSI. Au surplus, elle n'était pas la vraie donneuse d'ordres et sa responsabilité personnelle serait difficile à établir même comme complice.

Malik ordonna donc à l'équipe de ne pas bouger et, rageant de son impuissance immédiate, de les laisser dormir du sommeil des amants heureux, il rentra rejoindre son modeste appartement de la rue de Reuilly dans le 20e arrondissement de Paris.

8 – Ratage

Les deux amants passèrent beaucoup de temps dans leur chambre se faisant livrer par le room service leurs repas, papotant et renouvelant leurs étreintes.

Le calme de la station normande et l'anonymat assuré par la cohorte de commerciaux en goguette leur fit baisser la garde; ils se promenèrent longuement la main dans la main le long de la digue, regardant les sulkys lever des gerbes d'écume dans les vagues qui venaient s'éteindre sur la plage à l'étale de basse mer.

Les photos prise des amoureux, rejouant un « chabada-bada » lelouchien, que reçut Malik sur son téléphone sécurisé le mirent de mauvaise humeur.

Lundi 2 mars, à sept heures, un véhicule de la police municipal fit sa ronde habituelle du parking et autour du Grand Hôtel pour s'assurer qu'aucun vol à la roulotte n'était à craindre. Le parking privé de l'hôtel était placé face à un jardinet, exposant ses rosiers entre le Casino et l'office de tourisme, espace qui n'offrait guère de risques mais un ancien ministre avait été victime tantôt d'un vol sur ledit parking et le maire divers droite de Cabourg avait fait redoubler la surveillance.

Les policiers municipaux repérèrent un véhicule banalisé garée du mauvais côté d'une rue adjacente. Craignant de verbaliser un client qui ferait encore des histoires avec le Maire, ils prirent le parti d'aller s'informer auprès du concierge de l'hôtel pour qu'il demande à un éventuel client de déplacer son véhicule.

Le concierge était occupé avec une dame qui réglait sa note; ils attendirent donc un instant pour lui demander familièrement et à haute voix :

- Dis-nous, Jean-Paul ; ce ne serait pas un de tes clients qui se serait garé de travers avenue du Commandant Touchard ? Une Renault scenic immatriculée à Paris. Elle stationne depuis vendredi soir.

- Je ne vois pas trop. J'ai un congrès de commerciaux mais ils ont tous des BMW ou des Audi de fonctions. Attendez ; si, il y a bien ce monsieur qui est assis dans le hall. Il est arrivé très tard vendredi et le parking était peut-être complet. Vous pouvez aller lui demander mais, le concierge baissa la voix pour prendre un ton de conspirateur, allez-y mollo, c'est un flic parisien.

Les deux policiers municipaux en uniforme se dirigèrent vers l'agent de la DGSI qui s'était retranché derrière un journal mais dut, furieux, se lever et présenter sa carte de service à la demande des policiers municipaux.

Amirah Arhab qui rangeait sa carte de crédit platinum et sa note dans son portefeuille Louis Vuitton, surprit l'échange puis la messe basse du concierge. Elle prit le temps de faire semblant de fouiller dans son sac à la recherche de son portable pour repérer le flic. Sans s'affoler, elle rejoignit sa voiture pendant que les policiers s'expliquaient et prit immédiatement la route comptant sur quelques minutes de répit. Il doutait que ce soit elle que le policier avait filée depuis Paris ; plus probablement Alexandre moins sur ses gardes. S'il avait du être interpellé cela aurait déjà été fait sauf à ce qu'ils préfèrent le filer encore. Par prudence, elle ne prit pas la route directe de Paris mais emprunta la route côtière vers Houlgate puis Villers-sur-Mer en direction de Deauville. Là, elle laissa sa voiture dans une agence Hertz prétendant une panne et prit l'autoroute vers Paris en voiture de location.

Dès son départ de l'hôtel, elle appela de sa voiture Alexandre Ziad encore dans sa chambre car, poursuivant leur stratagème, ils étaient convenus de partir de manière asynchrone, pour l'alerter sur la surveillance policière.

Entre-temps le policier, enfin libéré de l'encombrante compagnie des policiers municipaux, et rejoint par son collègue, paya en urgence leur note pour se précipiter dans leur véhicule.

Malik, avisé par un sms sécurisé alors qu'il était dans le métro, leur donna la consigne de filer la voiture de Ziad car il serait possible de récupérer celle de la journaliste par sa balise. Il envoya une demande de renfort immédiat à la DDSI de Rouen pour qu'elle prenne en charge la filature de la Maserati.

En ce lundi matin, il n'y avait que deux agents de permanence présents à la DDSI et, le temps que la demande soit activée, l'agent ne retrouva la Maserati garée devant l'agence Hertz de Deauville que vers midi. Le signalement de la voiture de location échangée par la journaliste fut donnée mais, entre temps, la journaliste avait déjà abandonné la voiture sur le parking de la gare SNCF et pris le premier train en partance pour la gare Saint-Lazare à Paris.

La gendarmerie de l'autoroute, mise en alerte, chercha en vain la voiture de location entre Deauville et Paris. A son arrivée à 12:16, la journaliste prit un taxi de la gare Saint-Lazare vers l'aéroport Charles de Gaulle où elle embarqua sur le vol de Qatar Airways de 15:00 pour Doha réservé par téléphone du train. Malik lança un avis de recherche à 13:00 seulement quand la voiture de location fut repérée par les agents de la DDSI sur le parking SNCF. A 13:30, la PAF de Charles de Gaulle informa Malik que la journaliste avait passé le contrôle de la PAF à 13:10; elle était déjà en zone de transit international. Impossible de la retenir sur le territoire français sans l'aval express des autorités gouvernementales car une arrestation en zone internationale pourrait être jugé comme illégal et causer un incident diplomatique par le Qatar. Le Directeur Paul Vralac, comprenant qu'il n'aurait jamais dans l'heure le feu vert du gouvernement pour une telle opération, au surplus dans le contexte très sensible des négociations en cours sur une éventuelle vente de Rafale au Qatar, donna l'ordre de ne pas intervenir.

Amirah Arhab sirota son champagne dans son spacieux siège de première classe en voyant la Tour Eiffel s'effacer sous les ailes de l'Airbus. Elle savait qu'elle l'apercevait pour la dernière fois mais savait aussi qu'à Doha elle serait hors d'atteinte compte tenu de l'absence de convention d'extradition entre la France et le Qatar. Prudemment, elle avait confié un dossier contenant de nombreux documents compromettants à un avocat londonien, charge à lui de les envoyer à la presse s'il lui arrivait malheur. Le Diwan récompensait largement mais sanctionnait également. Une assurance vie, sous forme de chantage médiatique, n'était donc pas superflue.

Les policiers de la DGSI filèrent la Jaguar de Ziad jusqu'à Paris. Il rejoignit son loft dans le XIe arrondissement un peu avant midi. Les policiers planquèrent devant chez lui mais ne le virent pas ressortir de l'immeuble. A dix-sept heures, Malik leur donna consigne d'aller faire une reconnaissance.

Alexandre Ziad pendait à la poutre centrale du salon cathédrale de cent mètres carrés, sous le regard sérigraphié de Marylin Monroe par Andy Warhol.

La Police criminelle conclut à un faux suicide mis en scène mais ne trouva aucune trace d'effraction. L'assassin devait avoir les clés de l'appartement ainsi que le code de la sécurité électronique et avoir attendu la victime chez lui.

Malik soupçonna immédiatement la journaliste mais elle était dans l'avion en route vers Doha et comment aurait-elle pu confier les clés à temps à une équipe de tueurs dans l'urgence de sa fuite ? Il passa une heure à rechercher les images de l'embarquement de la journaliste à l'aéroport Charles de Gaulle. Sur une image furtive, il la vit entrant dans la file d'attente pour passer le contrôle de douane, effleurer un inconnu qui faisait mine de suivre du regard un voyageur en partance. Celui-ci mit ensuite la main à sa poche, cachant la clé remise en un instant; l'individu quitta ensuite immédiatement la zone d'embarquement. La reconnaissance faciale ne donna rien, l'homme était inconnu des bases du service.

Malik réalisa qu'Amirah Arhab pouvait vouloir à nouveau s'attaquer à lui, par vengeance et pour éliminer un témoin gênant de ses agissements. Il décida de mettre à l'abri sa famille au moins pendant les vacances scolaires, le temps de réfléchir sur les dispositions à prendre. Il obtint du capitaine Morel sans difficulté une journée de repos pour emmener sa famille se mettre hors d'atteinte en Bretagne sur l'île de Bréhat, où le père de son épouse Madeleine coulait une retraite heureuse.

9 - Le cinquième homme

Marie Seclin sortit, le mercredi 11 février dans la matinée de la maison de santé, où elle se remettait de son rapt et de son viol par les membres de la cellule islamiste lilloise de Dah'ech. La DDSI de Lille avait respecté sa convalescence, ne l' interrogeant à nouveau que la semaine précédant sa sortie pour recueillir toutes informations utiles mais Marie ne sut que répéter son histoire, formulée lors du débriefing initial, juste après sa libération par l'équipe conduire par le lieutenant Malik Benamar : son idylle avec Florent Lomme, sa conversion à l'islam, leur volonté de partir ensemble en Syrie, son refus de se marier avec un autre membre de la cellule de Dah'ech, son rejet par eux et son viol en forme de châtiment, puis sa réclusion dans la cave de l'HLM jusqu'à la libération par la police.

La psychologue qui la suivait estimait qu'elle souffrait d'un syndrome de Stockholm mais que le temps, la réinsertion scolaire, beaucoup de patience de ses parents pourraient la libérer de son endoctrinement : « Il faut qu'elle fasse son deuil pour pouvoir se regarder à nouveau avec un regard positif, expliqua la psy. Aujourd'hui, elle a honte ; elle se reproche de ne pas être morte comme les autres. Même son violeur, elle lui a pardonné. Le bien et le mal sont des notions confuses pour elle. »

La DGSI, estimant qu'elle était une victime plus qu'une criminelle, décida de ne pas l'inculper du délit d'association terroriste, préférant lui laisser sa chance de rédemption.

Le débat était alors fort vif entre les politiciens qui prônaient une politique d'extrême rigueur et ceux qui estimaient que seul un désendoctrinement par la réinsertion sociale pouvait réussir. Le valétudinaire ancien leader du Front national réclamait la guillotine, les tenants d'une droite forte l'indignité nationale et l'emprisonnement dans un Guantanamo français, la gauche de gouvernement voulait articuler prévention, dissuasion et répression. La confiance mise dans la volonté de repentance des déçus du terrorisme islamiste par les autorités danoise, leurs expériences pilotes à Aarhus, semblaient de l'angélisme aux français. Les anglais hésitaient entre une ligne dure 'à la française' et une approche danoise.

Le préfet Pierre N'Gahane, en charge du volet prévention de la lutte contre les filières djihadistes avouait que l'urgence immédiate était de limiter le nombre des départs mais que le traitement des retours n'était en rien organisé. Les directeurs de prison étaient laissés à leurs propres initiatives. Celui de Fresnes qui regroupait plus d'une vingtaine de prévenus jugés particulièrement dangereux avait pris le parti de regrouper les détenus islamistes ensemble. La ministre Garde des Sceaux, Christiane Taubira s'interrogeait publiquement sur cette mesure mais sans donner la doctrine gouvernementale. L'indécision dominait le discours des autorités qui affichaient la rigueur pour satisfaire l'opinion publique mais, en off, admettaient le dilemme représenté par quelques centaines de français qui reviendraient de Syrie et d'Irak, certains la haine au ventre, d'autres que l'on pourrait tenter de réinsérer ou préférer interner sachant qu'un traitement carcéral pouvait les enfermer dans la radicalité.

Marie reprit les cours au lycée Kernanec de Marcq-en-Barœul dés le lundi 16 février. La psychologue avait recommandé à la jeune fille de reprendre sa scolarité sans tarder. La discipline d'horaires et la réinsertion au milieu de ses anciens camarades de classe était, selon elle, indispensables à son rétablissement. Les parents ne pouvaient déménager; la changer de lycée ou de classe n'aurait rien changé à son statut non souhaitée de vedette médiatique locale.

A son retour à la maison, le père se renfrogna dans une attitude bougonne après un accueil gêné. « Tu nous en as fait voir ! » lui avait-il reproché. Louise Seclin, sa mère, avait trouvé, non pas les mots, mais les gestes pour les retrouvailles. Mère et fille avaient pleuré ensemble, longuement, et puis la vie avait semblé reprendre comme avant, du moins la mère faisait semblant de le croire.

Marie mit les vêtements préparés par sa mère pour aller au lycée. Elle avait l'impression d'être nue en jean mais elle ne dit rien comme on prend un médicament amer mais que l'on sait souverain.

Les deux plus proches copines de lycées, Marlène Kitnik et Léa Desumaux, avaient accueilli Marie à son arrivée, un peu pour la protéger de la curiosité des autres, beaucoup pour affirmer leur proximité de celle qui avait fait la une des journaux locaux et le buzz sur les réseaux sociaux.

La première journée de lycée se déroula comme un film. Marie se regardait agir, répondre par quelques onomatopées à ses amies, prendre des notes pendant les cours et rentrer chez elle. Elle se sentait détachée de son enveloppe charnelle comme les rescapés de mort imminente racontent leur dédoublement de leur esprit qui voit leur corps lointain dans un autre monde, le monde terrestre, morts mais pourtant conscients.

A la sortie des cours, Marie refusa les propositions de ses amies d'aller au café, prétextant sa fatigue.

Rentrée chez elle, Marie ne touchait plus à son ordinateur. Elle n'écoutait plus de musique. Elle restait dans sa chambre, les volets clos, allongée sur son lit. Son père, taciturne, le plus souvent au café, ou alors absorbé par une série télévisée, la laissait seule. Sa mère travaillait souvent tard à la clinique où elle était aide-soignante.

La jeune fille gisait dans le noir, les bras le long du corps, le corps froid, pensant à Florent, son grand amour, mort en Syrie. Elle pensait à lui tout le temps. Elle savait qu'il ne revendrait pas mais elle ne pouvait faire son deuil car elle ne pouvait toujours pas comprendre comment il avait pu la renier et la contraindre aux étreintes forcées d'un mari imposé par un émir, là bas, au pays de Cham, comme ils disaient dans leur vocabulaire islamiste. Elle ne pouvait admettre que Florent ne l'aimait peut-être pas autant qu'elle l'avait aimé et ce doute lui faisait infiniment plus mal que le souvenir de son viol. Cette souffrance l'oppressait.

Elle reprit les cours comme on va à l'usine, sans joie, par obligation. Le mercredi 18 février, elle n'avait pas cours l'après-midi et elle rentrait chez elle à pied. Un type jeune, vingt-cinq ans peut-être, l'aborda dans la rue, remontant à sa hauteur, parlant entre ses lèvres, sans la regarder, avec une intonation belge, la dépassant déjà, ordonna : « Il faut que je te parle de Florent; pas ici; suis-moi ».

Marie stupéfaite leva les yeux sur la silhouette qui la devançait à grandes enjambées. Elle n'hésita pas et lui emboîta le pas. L'homme la conduisit sur plusieurs centaines de mètres. Tournant le coin d'un immeuble, il s'engouffra dans le parking ouvert d'un petit immeuble résidentiel. Marie descendit la rampe et se vit attrapée par le bras par l'homme dissimulé derrière une colonne. Elle poussa un léger cri de surprise.

- Tais-toi ! lui intima l'homme qui écouta plusieurs minutes le silence du parking, surveillant l'entrée. Rassuré, il reprit, au bout de cinq minutes plus tard de surveillance, écoute, on a besoin de savoir quel est le flic parisien qui t'a interrogé. Dis-moi son nom.

Marie demanda :
- Vous savez comment est mort Florent ?

- Je te le dirai après. Comment s'appelle le flic ? réitéra l'homme.

- Benamar, lieutenant Malik Benamar, je crois, répondit Marie.

- C'est bon, répondit l'inconnu qui s'esquivait déjà.

- Et pour Florent alors, il est mort comment ? supplia Marie l'homme qui s'enfuyait.

- Il est mort en martyr, à la bataille de Kobané, Allahu Akbar ! répondit la silhouette qui disparaissait déjà.

L'officier de police de la DDSI de Lille chargé du suivi de la repentie fit un point téléphonique avec le professeur principale puis avec la psychologue qui avait visité Marie le vendredi 21 févier, à la veille des vacances scolaires de févier. La réinsertion semblait en bonne voie.

Marie n'avait rien dit de sa rencontre malgré les consignes de l'officier de la DDSI qui de le prévenir au moindre contact avec des islamistes. Cette rencontre était son secret. Elle fermait les yeux dans le noir et voyait Florent partir vers le ciel dans un grand éclat de lumière comme dans l'un de clips vidéo de la propagande de Dah'ech.

10 - Bréhat

Malik avait jusqu'alors choisi de ne pas informer Madeleine de la tentative d'assassinat contre lui l'hiver précédent. Soi-disant pour la préserver d'une inquiétude sans remède et, aussi devait-il l'admettre, pour éviter de mentir sur la nuit passée avec Christina Tenckro, la journaliste vedette d'eTV. Mais le risque était maintenant trop avéré pour ne pas donner à son épouse quelques consignes de sécurité.

Il parla donc d'une menace terroriste immédiate pesant sur lui, suite au démantèlement de la filière lilloise de Dah'ech dont elle avait entendu parler par le Ministre à la télévision, sans savoir le rôle central joué dans l'enquête par son mari. Il la rassura en prétendant que dès que son enquête actuelle serait menée à bien, affirmant que c'était l'affaire de quelques semaines, tout risque serait écarté. Il lui demanda de prendre quelques jours de congés avec les enfants sur l'île de Bréhat où son beau-père coulait une retraite heureuse.

Le choix d'une île bretonne présentait l'avantage de l'isolement; en cette saison, les quelques centaines de résidents permanents et rares résidents secondaires se connaissaient tous et repéreraient aisément un étranger. L'inconvénient était l'absence de toute force de police sur place mais Malik estima que remonter de lui, par le nom de jeune fille à son père, veuf et retraité sur une île bretonne était compliqué pour un service de renseignement étranger.

- Je resterai avec vous jusqu'à dimanche, j'ai pris ma semaine. J'en profiterai pour me reposer et passer du temps avec vous.

Omar était enthousiaste car il adorait aller pêcher avec son grand-père. La joie de leur fils occupa le trajet de Paris jusqu'à la presqu'île de Paimpol et l'embarquement sur la navette dans le petit port de l'Arcouest. La petite dernière, Caroline, âgée de deux ans, dormit pendant presque tout le chemin.

Madeleine décida de faire bonne figure, dissimulant son inquiétude mais admettant la résolution de son mari de les éloigner.

Son beau-père, ravi de cette venue inattendue, ne demanda aucune explication. Il irait les accueillir à l'arrivée de la navette avait-il annoncé au téléphone.

Antoine Martin, ancien cadre dirigeant d'une entreprise informatique, avait vendu son appartement parisien, à la mort de son épouse, pour acheter une superbe et vaste maison qui faisait face à la mer sur un éperon rocheux au Crouézen, à la séparation de l'île de Bréhat, entre île sauvage au nord et île clémente au sud. Il disposait même d'une petite anse privatisée par le fort marnage qui faisait face à l'île Séhéres. La grande bicoque en pierre prenait le 'nordé' de front, les murs tremblant, les volets claquant pendant les tempêtes d'hiver. Madeleine adorait cette maison mais Malik, habitué à des mers plus clémentes, l'appelait Les Hauts de Hurlevent, par référence au roman d'Emilie Brontë.

Le ciel, d'un bleu layette, était délavé d'un grain récent ; les nuages s'effilochaient comme des barbes à papa; la mer cabossée de vagues accrochait des lambeaux d'écume; les rochers couleur de pain d'épice ponctuaient les herbes arasées par les vents. Omar voulut rester sur le pont arrière de la navette, ravi et gelé, enivré par la vigueur iodée de l'air marin. Partir sur une île, c'est toujours une expédition pour un jeune garçon. Omar interrogeait sans cesse son père, sur la puissance du moteur de la vedette, pour savoir si la mer était montante ou descendante, sur le nom de l'oiseau qui venait de piauler au dessus de leurs têtes. Malik répondait sans gêne que le grand-père lui donnerait toutes les réponses malgré la perte de prestige de plus en plus visible dans le regard de son fils.

« Je ne suis qu'un policier, pas un loup de mer » s'excusa, souriant, son père.

Le grand-père les attendait à la cale de marée basse. Halé toute l'année, minci par l'exercice, il était venu avec la carriole, seul moyen de transport des bagages sur cette île sans voitures. Il avait préparé la chambre d'amis pour les adultes et une chambre pour les enfants. Il avait ajouté des radiateurs à huile pour chasser le froid humide des murs de granit. Lui se chauffait peu, vivant dehors, dans son jardin ou sur ses bateaux.

Il avait deux bateaux. Pour la navigation de loisir, il avait fait construire un cotre sur un modèle ancien, en bois, de sept mètres, avec un mat et un tapecul, ce mat situé à la poupe, dont le nom faisait toujours rire Omar. Les voiles, de toile couleur brique, étaient étonnamment maniables dans les mains de ce bon voileux.

Pour la pêche, il utilisait un bateau à coque en plastique équipé d'un 40 CV qui lui permettait d'affronter la houle souvent forte en mauvaise saison.

Après le déjeuner, il proposa à Malik et Omar de l'accompagner pour poser le filet : « le coefficient de marée de 83 est un peu élevé pour poser, mais on a un vent du sud et en mettant le filet à l'abri derrière le Birlot, cela devrait pas trop charger. On a plutôt du mulet en ce moment. On va jeter aussi le casier pour faire du dormeur et peut-être de l'araignée mais c'est un peu tôt dans la saison ».

Omar écoutait religieusement les explications de son grand-père qui l'appelait moussaillon et lui abandonna la conduite du moteur dès la sortie du port de la Corderie. Malik ne participait pas à la manœuvre car son beau-père l'avait classé dans les terriens et puis cela faisait tellement plaisir à son fils d'être le second après le pacha comme appelait, in petto, Malik son beau-père.

Avec assurance, Omar mit le bateau nez au vent puis le moteur au point mort, laissant le bateau dériver dans le jusant, renforcé par une légère houle provoquée par le nordé. Il regardait les gestes surs avec lesquels son beau-père laisser filer le filet trémail long de cinquante mètres

« C'est bon, on va revenir un peu à la côte pour poser le casier maintenant » ordonna-t-il à Omar qui remit la marche avant sur le cap indiqué par son grand-père.

Omar, exubérant dans la voiture toute la matinée, suivait les instructions de son grand-père avec grand sérieux, de peur de mal faire, ne posant que de rares questions en reprenant fièrement les mots compliqués de marine utilisés par l'aïeul.

Ils jetèrent à la mer le casier à crabe, amorcé de têtes de poisson et rentrèrent au port pour retrouver Madeleine et la petite.

Les deux îles reliées par le pont Vauban formaient une silhouette d'amers rocheux et de lignes de fuites verdoyantes. Les hortensias blancs, rose vineux, bleu ardoise ou violacé, les agapanthes bleu lavandes et les premiers iris tachaient déjà les jardins.

Le grand-père partit en cuisine avec Omar tandis que Malik se reposait avec Madeleine et Caroline devant une flambée.

Contents d'eux, le grand père et le petit fils revinrent sans vouloir révéler le menu. Les parents sacrifièrent au traditionnel kir breton. Omar but son cidre servi d'autorité par le grand-père facétieux et en fut tout paf. Les parents souriaient, le grand-père rigolait car il avait prétendu à Omar que son 'jus de pomme' était sans alcool.

Le grand-père avait concocté un homard breton en cocotte avec des légumes primeur et une sauce au curry crémée. Un chablis premier cru accompagnait le plat. Ce fut délicieux. Le dessert fut un gâteau breton à l'amande, une variation personnelle du far inventée par le maître de maison.

Les enfants couchés, les trois adultes parlèrent un moment, les pieds devant l'âtre, un vieux calvados en main. Malik était éreinté par la route et l'air marin mais il convenait d'honorer leur hôte qui se réjouissait d'avoir de la visite lui qui ne voyait que ses copains pêcheurs, des taiseux, disait-il, la plus grande partie de l'année.

Ils allèrent se coucher enfin dans la chambre emplie de vents coulis, craquant sous quelques rafales. Leurs corps mirent du temps à réchauffer les draps de lin lourds et froids. Leurs mains se joignirent et silencieusement; la vaste maison semblait les écouter; ils firent l'amour doucement et tendrement.

Le lendemain, ils furent réveillés par les joyeux bavardages de leur fils et du maître de maison dans la cuisine. Malik comprit au regard ironique de son beau-père qu'il fallait qu'il s'active pour partir avec eux lever le filet.

Il faisait froid et humide, boucailleux comme disait l'aïeul, en ce matin breton. Une bruine glacée accompagna le lâcher des amarres. Un soleil sans chaleur commença à poindre seulement vers dix heures quand ils remontèrent le filet. C'était toujours un moment miraculeux pour Omar de découvrir leur pêche. La mer qui semblait déserte se peuplait tout à coup de poissons bizarres qui se battaient encore pour échapper à l'emprisonnement du rets.

Antoine Martin annonçait les prises au fur et à mesure où il remontait par brassées le filet : un mulet, deux poissons tombe, un beau bar, une sole « planche à voile », quelques crabes venus grignoter les prises, un deuxième mulet. Une pêche « correcte » selon le pacha faussement modeste.

Le casier à crabes leur procura trois dormeurs qui compléteraient leur menu.

Omar récitait la liste des poissons pour ne pas en oublier quand il annoncerait, triomphal, leur pêche miraculeuse à sa maman. Le soleil brilla en grand à leur retour à la cale.

11 – Fès

Le vendredi, à l'heure de l'arrivée de Malik à Bréhat, Mohamed, son père, se préparait pour aller à la Mosquée.

Mohamed Benamar allait sur ses quatre-vingt trois ans. Le travail à la chaîne à l'usine Peugeot, quarante ans durant, avait courbé sa haute silhouette et usé sa carcasse. Il allait chaque jour à la mosquée, pas uniquement le vendredi. C'était sa distraction. Et puis cela le sortait de chez lui où son épouse, Fatima, restait presque recluse, ne s'autorisant que de rares sorties pour aller au souk R'Cif acheter des légumes et de la viande. Ils mangeaient peu, se contentant d'un tajine de légumes les jours de semaine. On ne s'autorisait la viande que le samedi, lors de la rupture du ramadan et puis aussi, quand leurs petits-enfants venaient les visiter une fois par an. Fatima préparait des journées entières des pâtisseries à la fleur d'oranger, au miel, au sésame. Ses jambes portaient de plus en plus difficilement sa corpulence; elle s'essoufflait maintenant à monter les deux étages de leur petit appartement situé au fondouk el-Youdi, l'ancien quartier juif. Les juifs habitaient maintenant pour la plupart à Fès el-Djedid, quittant l'ancienne mellah au XIII ième siècle mais le fondouk gardait leur nom.

Le père nourrissait l'espoir de faire au moins le petit pèlerinage à la Mecque avant de mourir. Il n'avait pas beaucoup pratiqué pendant ses années d'exil en France. Travaillant en trois-huit, élevant ses cinq enfants, envoyant de l'argent à ses parents, il se reprochait maintenant d'avoir négligé ses devoirs de musulman. Une vague inquiétude le taraudait; il voulait racheter par une piété nouvelle sa vie antérieure trop sécularisée. Il n'avait jamais été un musulman conservateur, laissant ses enfants décider ou non de pratiquer la mosquée, leur donnant l'exemple de vertus plutôt que de les contraindre. Pour ce qui est du pèlerinage, il se disait que sa préparation, même s'il ne réussit pas à l'accomplir, lui serait comptée.

Il aimait bien ce quartier de Fès où il avait grandi. Enfant, ses parents, serviteurs chez des français, n'avait pu lui payer que quelques années de scolarité à la medersa es-Sebbaim où un imam lui avait enseigné à lire en ânonnant le Coran par cœur tout en le déchiffrant. Maintenant, il était tout fier de pouvoir y retourner, pour progresser. Il découvrait, avec émerveillement, la riouia, les sept façons de réciter le Coran.

La journée était belle, les jasmins de leur petite terrasse et les simples que Fatima cultivait dans des pots de grès, fleurissaient et embaumaient déjà.

Mohammed allait d'un pas ferme, empruntant l'Akbet Caid Khammar pour rejoindre la mosquée des Andalous, mosquée fondée par une femme Meriem bent Mohammed el-Feheri au IXe siècle. Il prit le temps de s'arrêter devant le mausolée de Sidi Ali ben Harazem, un sheikh soufi mort au XIIe siècle. Le visage de tolérance de l'Islam incarné par ce sage soufi plaisait au vieil homme; cela le rassurait; il ne comprenait pas cette haine des musulmans salafistes pour ceux qui n'adhéraient pas à leur conception rétrograde du message du Prophète Mahomet. Les images de terreur et d'abomination diffusées par les chaînes de télévision marocaines et par France TV qu'il regardait par satellite étaient incompréhensibles pour lui. Déjà, quand il avait pris sa retraite, il se sentait étranger à ces jeunes hommes qui portaient des sarouels afghans, effrayantes copies de ben Laden, à ces jeunes filles qui portaient le niqab, les mains couvertes de gants noirs, drapées dans des abayas dissimulant leurs formes, chauves-souris, habillées comme des femmes du golfe.

Incapable de comprendre cette radicalisation de l'Islam, effrayé de voir tant de jeunes convertis et fanatisés, il aurait voulu en parler avec Malik qui travaillait dans la police mais il n'avait pas su créer le tête à tête adéquat quand il résidait encore en France et, maintenant, le téléphone était la chasse gardée de son épouse qui monopolisait le temps des coups de fils hebdomadaires du fils pour lui reprocher de ne pas assez dormir et de manger mal, comme à un enfant, avant de bavarder avec sa belle-fille et lui recommander une recette de kefta.

« La prochaine fois que l'on va en France, à Noël prochain ou cet été si Malik vient, je lui en parlerai » se promit le vieil homme.

Le Maroc n'échappait pas à la radicalisation. Les journaux montraient des photos de Mohammed Hamdouch, alias Abou Jandal Al Maghribi, un marocain combattant au sein de Dah'ech, pris en photo devant un corps crucifié. Le journal de la télévision marocaine 2M évitait de trop en parler pour ne pas nuire à l'image touristique mais il avait bien du faire état des communiqués et évoquer les images de combattants marocains qui avaient été reconnus sur une vidéo montrant l'égorgement de soldats syriens faits prisonniers.

Pourtant le Maroc restait pour le vieil homme une terre de paix entre les religions où musulmans, juifs et chrétiens continuaient à vivre en harmonie. Le soufisme, forme ésotérique de l'Islam, prônait une lecture intime, personnelle, du Coran, une recherche du message profond des révélations reçues par le prophète Mahomet, loin de la lecture littérale, un culte intime, personnel, si loin de la doxa d'une charia reposant sur un respect mot à mot de paroles prononcées au VIIe siècle après Jésus Christ.

Après avoir fait ses ablutions rituelles puis prié à la mosquée, Mohammed reprit le chemin de sa maison. Une sobre agape avec son épouse l'attendait. Il se réjouissait à l'avance d'aller rejoindre Robert Cohen, un gamin avec qui il avait joué aux billes enfant; il avait eu la surprise et la joie de le retrouver; lui aussi avait choisi de vivre sa retraite dans le quartier de leur enfance. Quelques semaines après son retour définitif au Maroc, jeune retraité, il entendit, au café, un vieux monsieur bien habillé commander un pastis. La voix le fit rajeunir d'une cinquantaine d'années. C'était Robert, son copain d'enfance. Ils tombèrent dans les bras l'un de l'autre, émus, troublés de se retrouver si changés en apparence mais pas en leur cœur.

A partir de ces retrouvailles, ils se retrouvaient chaque après-midi au café de Paris. Mohamed fumait une pipe à eau ou buvait un café à la cardamone, l'hiver, sirotait un orgeat, l'été. Son ami Robert prenait, été comme hiver, un pastis, « parce que c'est bon pour la circulation et ça me rappelle les jolies filles de notre jeunesse », répétait-il à chaque fois et, à chaque fois, Mohamed souriait prudemment, un peu scandalisé par l'audace égrillarde de son compagnon. Ils passaient l'après-midi à jouer au jacquet, pour le plaisir de faire claquer les lourds jetons de bois sur le tracé marquetée du damier.

12 - Robert Cohen

Robert Cohen attendait depuis une demi-heure son ami pour leur partie de jacquet. Mohammed n'était jamais en retard. La longue habitude d'une vie réglée par la pointeuse de l'usine l'avait rendu « ponctuel comme un Suisse », selon une autre de ses plaisanteries amicales récurrentes.

Robert Cohen était resté au Maroc après l'indépendance. Il avait fait ses études de pharmacien à Marseille mais avait choisi d'ouvrir son officine à Fès. Il était veuf depuis presque dix ans déjà. Les enfants, après leurs études en France, avaient fait souche là bas. Il allait les visiter pour Roch Hachana, pour leurs mariages puis plus tard pour les Bar Mitzvah et mariages des petits-enfants mais il avait refusé leurs offres d'aller vieillir sous la grisaille parisienne. Pour lui Paris était gris et sale tandis que Fès sentait bon le soleil. Têtu, il avait refusé la modernité d'internet et s'obstinait à envoyer de longues missives à ses petits-enfants auxquels ces derniers se promettaient toujours de répondre et puis se défaussaient par un coup de fil au vieil original. Son métier lui avait apporté l'aisance et il mangeait au restaurant tous les midis, se contentant d'une boite de soupe devant la télévision le soir.

Mohammed n'était toujours pas là. « Pourtant, hier, il était en pleine forme » pensa Robert Cohen. Cela ne lui ressemble pas. Il aurait pu lui téléphoner pour prendre des nouvelles mais cela lui sembla cavalier, s'agissant d'un si ancien et proche ami, de se contenter d'un coup de fil. Cela avait été pour lui une si grande et heureuse surprise de croiser le vieil homme au café où il avait pris ses habitudes de veuf, y déjeunant et recherchant ensuite un partenaire de jacquet ou de dominos.

Non, décidément, il convenait d'aller visiter Mohammed chez lui. Robert savait où il habitait mais il n'était jamais allé chez lui. Pudeur toute islamique de ne pas montrer son épouse qu'il ne connaissait pas, préférence virile pour disposer de son temps d'homme hors de la présence des femmes ? « C'est vrai que je ne l'ai jamais non plus invité chez moi » réfléchit Robert, cheminant « ... Pourtant cela fait près de trois ans déjà que l'on fait notre partie presque tous les jours.... Je devrais peut-être les inviter tous les deux à l'occasion mais je ne veux pas le mettre mal à l'aise… C'est ça, profitons de cette visite pour les inviter à manger chez moi ! ».

13 - Vengeance

Se promettant ainsi de réfléchir à la bonne conduite à tenir et prenant tout son temps, cheminant à petits pas, Robert arriva devant l'immeuble où résidait Mohamed Ammar. C'était un tout petit bâtiment, modeste, presque pauvre, construit sur trois étages avec un toit plat. La façade, crépie d'un blanc de chaux délavé, regardait la rue par des moucharabiehs. Les appartements courraient autour d'une petite cour intérieure plantée d'un oranger dans une grande jardinière de terre. « Je comprend pourquoi Mohammed ne m'a jamais invité à prendre le thé chez lui. Il a un peu honte d'exposer sa médiocre résidence sachant que je possède une villa avec jardin pour moi tout seul ».

Il était trois heures passées et l'immeuble semblait désert. Les enfants à l'école, les parents au travail ou faisant la sieste. Robert Cohen consulta les noms sur les boites aux lettres puis se dirigea pas l'escalier vers le troisième étage. Il n'aimait pas beaucoup les escaliers, ayant subi un accident vasculaire cérébral cinq ans auparavant, lors de sa première année de veuvage. Le délabrement de l'immeuble émut Robert qui craignit d'entraîner son ami dans d'excessives dépenses lors de leurs libations quotidiennes, réalisant pourquoi Mohammed se contentait de siroter le même verre d'orgeat, ou de tirer doucement sur la même pipe à eau, une après-midi entière.

Il ne croisa personne dans l'escalier et prit le temps de reprendre son souffle quelques instants avant de frapper doucement à la porte. Personne ne répondit. Il écouta le silence. Aucun bruit ne parvenait de l'appartement.

« Bizarre, à cette heure, même s'il n'était pas là, son épouse devrait être à la maison » pensa-t-il.

Le pharmacien retraité, réfléchit un instant et décida de partir, se promettant de téléphoner dans la soirée pour prendre des nouvelles. Il s'engagea dans l'escalier mais s'arrêta. Ce silence l'intriguait. Il revint à la porte et prit le parti de frapper lourdement à la porte espérant alerter l'appartement situé sur le même palier et avoir un prétexte pour interroger un éventuel voisin. Quand il frappa du plat de la main sur l'huis, celui-ci s'ouvrit sous la poussée. La porte n'était pas close.

L'inquiétude saisit le vieil homme. Aller chercher la police puis revenir, était la solution la plus normale devant cet appartement probablement cambriolé. Mais la perspective de redescendre les trois volées d'escalier, se presser jusqu'à un café pour téléphoner à la police, remonter avec elle constater l'éventuelle effraction, retint Robert Cohen. Il n'était pas peureux et puis « à mon âge il ne peut plus m'arriver grand-chose », était une de ses formules favorites. Il résolut de visiter l'appartement pour se rendre compte et décider de la conduite à tenir.

L'appartement s'ouvrait par un couloir desservant ce qui semblait une cuisine et un salon salle à manger. Une odeur douçâtre saisit les narines de Robert quand il entra. Il s'avança de quelques pas pour entrer dans le salon quand son pied instinctivement recula s'enfonçant dans un tapis spongieux. Il aperçut alors la flaque de sang frais qui inondait le tapis berbère du salon. Le corps de Mohammed, la tête renversée en arrière, la gorge tranchée reposait sur le canapé du salon.

Robert s'enfuit, le cœur battant la chamade, il descendit les escaliers, hurla pour arrêter un jeune type passant devant l'immeuble en mobylette pour lui emprunter son téléphone portable et appeler la police. Un véhicule de police, arrivé en dix minutes, découvrit Robert assis devant la façade, se tenant le cœur. Le jeune type avait ré-empoché son téléphone et filé disant ne pas vouloir à faire avec les keufs. De l'appartement, les deux agents appelèrent des renforts pour constater la présence de deux corps égorgés, celui d'un homme dans le salon et d'une femme, probablement son épouse, dans la cuisine.

Sur la table de cuisine, un doigt avait tracé, en arabe, un seul mot, en lettres de sang : Dah'ech.

Malik revenait de la pêche avec Omar qui portait triomphalement la bourriche contenant deux bars, une sole et trois mulets quand il aperçut son épouse qui s'avançait sur la cale, le bébé dans les bras.

« Une vraie femme de marin ! » blagua-t-il pendant qu'Omar se précipitait pour montrer à sa maman leur pêche miraculeuse. Le visage figé de Madeleine les arrêta tous les deux. « Superbe » réussit à articuler, d'une voix sépulcrale, Madeleine qui regarda d'un air significatif Malik en désignant Omar. Malik demanda alors à Omar d'aller vérifier le bon amarrage du bateau avec son grand-père pour l'éloigner un instant.

Madeleine dit tout d'un trait : « Malik, ton père et ta mère ont été assassinés hier à Fès, il faut que tu rappelles Morel immédiatement ».

14 - Dah'ech au Maroc

Malik, rentré en urgence à Paris, prit le premier vol pour Rabat. Il avait rendez-vous avec le chef de la cellule anti-terroriste de la Direction Générale de la Surveillance du Territoire du ministère marocain de l'intérieur.

Une voiture de police marocaine vint le chercher à la descente d'avion et l'accompagna au ministère situé dans le quartier administratif roulant sur l'autoroute 1, toutes sirènes hurlantes, ne ralentissant qu'avenue Mohamed V.

La PJ marocaine travaillait activement sur le double assassinat en coordination avec la DGST compte tenu de la revendication par Dah'ech. Malik avait préféré ouvrir tout de suite la piste terroriste avec ses collègues marocains sachant qu'il serait probablement très difficile de retrouver le ou les assassins.

Le commandant Idriss Mokrane, le chef de la DGST, reçut lui même Malik dans son vaste bureau. Il lui présenta le jeune officier de police comme le capitaine Abdelkader Sidi ben Larbi. Malgré l'ascendance marocaine de Malik, ils s'exprimèrent en français, la langue protocolaire. Après les condoléances d'usage, le directeur fit servir un café et ouvrit la réunion de travail.

- Lieutenant Benamar, nous sommes sincèrement désolés de votre deuil. Le ministre, son excellence Mohamed Hassad, a donné une priorité maximale à l'enquête. Nous avons détaché le capitaine Abdelkader Sidi ben Larbi, ici présent, à temps complet sur l'enquête. C'est lui qui va vous faire le briefing si vous permettez sur l'affaire. Je vais auparavant vous informer du niveau de risque terroriste et en particulier lié à Dah'ech au Maroc. Les plus hautes autorités du royaume sont très préoccupées.

Nous estimons à près deux mille le nombre de marocains combattant au sein des organisations terroristes en Syrie et en Irak. Certains terroristes, anciennement soutiens d'Al-Qaïda, ont fait depuis allégeance à Dah'ech. Un des plus emblématiques est Mohammed Hamdouch, alias Abou Jandal Al Maghribi, qui vient de mettre en ligne des photos dans lesquelles il exhibe une tête décapitée et s'expose devant un corps crucifié, tout en s'en prenant à sa Majesté le roi du Maroc. Une autre personnalité ralliée est Fatiha Mejjati, la veuve de Karim Mejjati, membre d'Al-Qaïda tombé en Arabie saoudite en avril 2005. Véritable icône du jihadisme au féminin, elle a fait allégeance à l'autoproclamé 'calife' Abou Bakr al-Baghdadi le 1er juillet 2014 sur Twitter, juste avant de plier bagage pour la Syrie. Nous avons démantelé en septembre dernier une cellule de recrutement liée aux djihadistes de l'État Islamique, basée dans l'enclave espagnole de Melilla et dans la ville voisine marocaine de Nador. L'enquête a démontré que les individus interpellés étaient contact avec les membres de deux cellules terroristes démantelées en mai 2013 dans la région de Nador, en lien avec les activités d'Al-Qaïda au Maghreb islamique, Aqmi, dans le nord du Mali. Ce groupe s'appuyait sur l'expérience djihadiste du frère du chef de la cellule démantelée, un ex-militaire espagnol spécialiste en maniement d'armes et d'explosifs, qui avait rejoint en 2012 le Mujao au Mali. Ce djihadiste combattrait actuellement dans les rangs de Dah'ech. Plus récemment, en novembre dernier, nous avons interpellé deux Français à Kenitra. Les suspects planifiaient la constitution d'une cellule terroriste dans la ville de Kenitra en vue d'attaquer plusieurs sites sensibles au Maroc à l'aide d'explosifs actionnés à distance. Imprégnés de l'idéologie de l'organisation terroriste Foursane Al Izza. Ils comptaient se procurer des produits servant à fabriquer des engins explosifs et des bombes grâce à l'expérience acquise sur des sites internet spécialisés. Vous en savez plus que nous sur le groupe Forsane Alizza, également baptisé Les Cavaliers de la fierté , ce groupuscule radical adepte d'un islam fondamental, créé en août 2010 à Nantes, en France, par Mohamed Achamlane et dissous le 1er mars 2012 par le ministre de l'intérieur Claude Guéant. La plupart des membres ont été arrêtés au lendemain de l'affaire Merah lors d'un coup de filet national en France. Treize membres ont été mis en examen et neuf écroués. Il semble donc qu'il ait essaimé au Maroc. Ce qui nous inquiète c'est la popularité de Dah'ech chez les jeunes. Récemment, en septembre, un groupe de supporters du club de football Raja Club Athletic de Casablanca, a scandé le nom de Dah'ech dans les tribunes. C'était tout à fait spontané. Ces jeunes, abreuvés d'images d'al Jazzera et des réseaux sociaux, s'exaltent à la vue des films de propagande d'al Furqan. On a retrouvé certains de ces excités, des hooligans pas des terroristes. Sa Majesté le roi Mohammed VI a décidé d'engager le Maroc dans la guerre contre l'Etat islamique, Dah'ech, sans faire formellement partie de la coalition internationale luttant contre Dah'ech, en apportant « son soutien actif aux Emirats Arabes Unis dans leur lutte contre le terrorisme et pour la préservation de la paix et de la stabilité régionale et internationale » pour citer les propos de notre souverain. Vous le voyez, la situation est grave. Nous sommes en alerte maximale permanente face au risque d'attentat. Ceci étant vous avez probablement des hypothèses sur la raison qui ont poussé des terroristes de Dah'ech à assassiner lâchement vos parents.

Malik remercia le directeur pour son exposé et suggéra de répondre à son interrogation après la présentation du capitaine car cela pouvait confirmer certaines de ses supputations.

Le capitaine, un homme d'une trentaine d'année au visage de spadassin, salua du regard et commença son exposé.

Il résuma les circonstances matérielles des crimes, l'heure, l'égorgement et la revendication par la signature ensanglantée. Il n'épargnait aucun détail macabre à

Malik sachant que tout détail était important pour leur enquête. Malik ne demanda pas à voir les photos prises sur les lieux du crime, il ne regarda que la photographie du paraphe carmin laissé par les terroristes sur la table de la cuisine de ses parents.

- Nous n'avons que très peu d'indices matériels; des traces de pas, quelques traces d'ADN mais aucun témoin ayant aperçu des inconnus dans l'immeuble. Les crimes ont été perpétués entre 14:00 et 15:00, l'immeuble était désert, quelques résidents faisaient la sieste ou regardaient la télévision. Le quartier où habitaient vos parents était, vous le savez, dans la vieille ville. Nous avons très peu de bâtiments publics, de banques à proximité donc pas de caméras de surveillance. L'ami de votre père, Monsieur Robert Cohen, un pharmacien en retraite, n'a découvert les corps que vers 15:30 ce qui laissa largement le temps aux assassins de disparaître. Nous supposons qu'il s'agissait d'arabes car la signature Dah'ech est correctement formée et les rares personnes ayant pu apercevoir le ou les meurtriers n'ont pas le souvenir d'avoir aperçu des européens aux alentours de l'heure du crime. Nous pouvons convoquer monsieur Cohen si vous souhaitez l'interroger.

Malik remercia, suggéra de rencontrer monsieur Cohen chez lui plutôt que de le convoquer comme un suspect et demanda à pouvoir aller se recueillir sur les corps de ses parents à la morgue dés que cet entretien serait achevé.

Le capitaine proposa de l'y accompagner mais les deux marocains attendaient de la part du policier français quelques raisons pour lesquels des terroristes étaient venu assassiner deux retraités marocains.

Malik les informa du démantèlement d'une cellule de Dah'ech à Lille en décembre 2014, de la tentative d'assassinat dont il avait été victime au cours de l'enquête et de ce que une écoute récente lui avait révélé les commanditaires. Il avait mis sa famille à l'abri mais il n'avait pas imaginé que les commanditaires s'en prendraient par vengeance à ses parents. Sans révéler les commanditaires révélés par la surveillance des amours de la journaliste d'Al Jazeera avec Alexandre Ziad, il indiqua sa surprise de la revendication par Dah'ech du double crime car ceux qui avaient voulu le tuer à Paris en novembre 2014 n'avaient, a priori, rien à voir avec l'organisation terroriste islamiste.

Il conclut : « Pour moi, le plus grand mystère, c'est pourquoi ce serait Dah'ech qui aurait assassiné mes parents. Je ne peux écarter l'hypothèse d'une mise en scène pour brouiller les pistes tout en m'envoyant un message. Il leur expliqua l'initiale hypocrite non revendication par Dah'ech de la vidéo pornographique qui avait été à l'origine de son enquête lilloise ».

Les interrogations de Malik rendirent les deux policiers marocains perplexes. L'égorgement était une pratique revendiquée par les islamistes et les crimes étaient, pour eux, signés. Malik, ne pouvant leur révéler les dessous de l'enquête sur la journaliste d'Al Jazzera et sur la négociation sur la vente des Rafale, ne put les convaincre du sérieux de l'hypothèse d'une mise en scène.

Abdelkader invita Malik à partager son repas à la cantine du ministère avant d'aller à la morgue. Il appela son collègue de la PJ en charge de l'enquête pour un déjeuner de travail. Ce dernier redit à Malik les constatations faites sur les lieux des crimes précisant que l'appartement avait mis sous scellés mais que bien évidemment, il pourrait lui y donner accès. Malik remercia mais répondit qu'il préférait laisser l'appartement fermé pour l'instant. Il devait en priorité se consacrer à organiser les obsèques et à l'enquête. Il reviendrait dans quelques semaines pour reprendre les clés et prendre des dispositions pour garder ou vendre l'appartement quand la PJ marocaine aurait achevé ses investigations techniques sur place.

En réalité, Malik redoutait d'affronter l'intimité de l'appartement, de voir les traces de sang et de visualiser la scène des crimes. C'était trop lui demander. Il ne voulait conserver de ses parents que l'image de leur dernière venue aux fêtes de Noël deux mois seulement auparavant. Cet appartement, il le ferait vendre le plus rapidement possible, les crimes l'avaient rendu impur, haram.

15 – Deuil

Dans la voiture qui les conduisait à la morgue, le capitaine Abdelkader Sidi ben Larbi interrogea Malik sur ses parents, leur vie en France et les raisons qui lui avaient fait choisir la carrière policière. Malik ne lui scella point que c'était plus l'urgence de devoir nourrir une famille qu'une vocation. Il lui demanda en arabe de l'appeler Malik et qu'ils pouvaient parler marocain car « son marocain était un peu rouillé, cela lui ferait du bien de parler et puis cela le rapprocherait de ses parents ».

Abdelkader fut sensible à cette politesse et il répondit donc en marocain à Malik : « Moi aussi, j'ai fait des études de droit à l'université de Rabat. Ici, après des études de droit, on peut tenter de vivoter comme avocat soit entrer dans l'administration. J'avais trop regardé de séries américaines, donc je suis entré dans la police, se moqua-t-il de lui-même. Ceci étant, depuis mon affectation au sein de la DGST, c'est passionnant; dangereux et épuisant, mais passionnant. Ma femme est en colère contre moi en permanence car elle ne me voit que le vendredi et le dimanche et encore, parfois je suis de planque le weekend ».

Malik fut surpris de la similitude de leurs profils et de leurs existences et lui parla de ses enfants, Omar et Caroline. Abdlekader fut sensible au choix de deux prénoms, l'un arabe, l'autre chrétien.

- Caroline, cela a un sens en français, comme les prénoms arabes ?

- Oui, Caroline, c'est Charles, Charlemagne en fait. On peut difficilement faire plus roumi, blagua Malik.

- J'ai deux fils, annonça fièrement Abdelkader, le plus grand, Nacer, a quinze ans, il passe son temps sur les jeux vidéo et à chatter avec les filles. Je suis un peu dépassé mais je n'ose pas le priver de portable. Heureusement, le second, Rachid, qui a onze ans, adore jouer au foot avec moi. Il me manque une fille. Cela doit être bien une fille pour un père.

Malik conforta Abdelkader dans sa résolution génitrice. Il fut reconnaissant à Abdelkader d'avoir opté pour une conversation privée plutôt que de parler de l'enquête pour le distraire avant son recueillement sur les cadavres de ses parents.

Abdelkader gara la voiture sur le parking réservé de la morgue de Rabat, Place Bab Lhed Medina. L'employé se précipita dans le bureau de son chef pour annoncer la visite des deux officiers de police. Le directeur de la morgue, un petit homme agité et cérémonieux tint à les accompagner, expliquant, tout à trac, que le plus grand soin avait été donné aux corps des deux parents après l'autopsie. Leur toilette funéraire avait été accomplie selon le rite et ils avaient été enveloppés d'un linceul dans l'attente de leur inhumation, retardée par la venue de Malik.

Malik avait, à plusieurs reprises, visité des morgues dans le cadre de ses enquêtes mais l'émotion l'étreignit quand le directeur indiqua les deux tiroirs métalliques contenant les dépouilles. Les deux tiroirs étaient côte à côte, remarqua Malik avec attendrissement.

Malik demanda au bavard fonctionnaire municipal de bien vouloir le laisser seul pour pouvoir se recueillir. Abdelkader se retira également.

Malik tira les deux tiroirs. Les corps étaient enveloppés d'un linceul blanc qui les recouvrait entièrement. Malik découvrit le visage de son père puis celui de sa mère. Le visage maigre de son père semblait surpris, fâché, figé par la rigueur cadavérique. Le visage plus empâté de sa mère semblait endormi, plus serein. C'était à la fois eux et des étrangers tant l'expression sculptée par la mort les transformait.

Malik récita la chahada à plusieurs reprises, debout, les yeux clos pour éteindre le clignotement sépulcral du néon sur l'armoire d'acier inox.

Il recouvrit le visage de ses parents et referma les tiroirs puis ressortit de la salle qui sentait le Grésil et la cigarette froide.

Le directeur insista pour offrir le thé à ses visiteurs afin, dit-il, de convenir des dispositions à prendre pour l'enterrement. Il exposa longuement les difficultés pour trouver une place compte tenu de la saturation de cimetières de Rabat, suggérant que peut-être Malik souhaiterait rapatrier les corps pour les enterrer en France.

« Mes parents étaient marocains, je souhaite qu'ils reposent ici » répondit Malik.

Le directeur suggéra alors de chercher une place dans le cimetière Chouhada, face à la plage de Rabat, celui des notables, grâce à l'intervention du ministère. Malik remercia mais indiqua préférer le cimetière Esseddik, situé dans l'arrondissement El Youssoufia. C'était celui des pauvres et des démunis de Rabat.

« Mes parents étaient des gens modestes, ils dormiront ainsi auprès de leurs proches » justifia Malik.

Le directeur se fit fort de trouver un emplacement dans ce cimetière lui aussi bondé. Il fut convenu que les obsèques se dérouleraient le lendemain matin. « Je serai seul, expliqua Malik, ma famille ne pourrait se joindre à moi. » Abdelkader comprit que la sécurité de sa famille devait primer sur le respect du aux morts.

Sur le seuil de la morgue, Malik demanda à son collègue de bien vouloir le conduire chez Robert Cohen.

- Il faut que je le voie pour pouvoir faire mon deuil et le remercier. Auriez-vous l'obligeance de l'appeler pour savoir quand il accepterait de me recevoir ?

Robert Cohen répondit au capitaine Sidi ben Larbi qu'il était à sa disposition immédiatement.

Le policier marocain conduisit donc Malik de Rabat à Fès avec sa voiture de fonction et le déposa à la villa de l'ami de son père Mustapha situé dans le fondouk el-Youdi, le quartier même où habitaient ses parents.

Par discrétion, Abdelkader insista pour attendre Malik dans la voiture prétextant avoir des coups de fil à passer.

Le pharmacien retraité qui l'attendait debout derrière la persienne vint ouvrir la porte grillée de sa riche villa.

Malik remarqua une mézouza en métal sur le montant de la porte. La présence de ce symbole juif de le mise sous la protection du Tout Puissant de son habitation, surprit Malik et le rassura sur la tolérance que musulmans et juifs réussissaient à maintenir au Maroc.

- Vous ressemblez à Mustapha, lança Robert Cohen en forme de salutation. Entrez, entrez ! L'inspecteur ne veut vraiment pas entrer ? Bon. Venez, j'ai préparé un café turc à la cardamone, votre père l'adorait, très sucré. C'est la recette libanaise mais à nos âges on doit bien avoir quelques petits plaisirs, plaisanta-t-il de manière forcée.

Devant la surprise visible de Malik de son énergie, il expliqua :
- J'ai trouvé votre père et votre mère dans une mare de sang mais j'ai décidé de conserver le souvenir d'eux

vivants. Vous savez, les juifs de ma génération ont perdu tant des leurs dans les camps nazis que l'on a appris à vivre avec nos morts. Ma femme est morte depuis dix ans déjà et je lui parle chaque jour donc je ne peux encore me résoudre à ne plus faire ma partie de trictrac chaque jour prochain avec votre père.

Malik laissait parler le vieil homme qui se saoulait de paroles pour masquer son chagrin, s'activant à sortir des tasses de porcelaine fine cerclés de cuivre embossées.

- C'est ottoman, cela me vient des grands-parents de mon épouse, des juifs de Constantinople, commenta toujours aussi disert le vieil homme.

Robert Cohen raconta à Malik combien son père était fier de lui, affectionné pour ses petits enfants. Mohamed lui avait fait un récit détaillé de son séjour à Noël, lui expliquant les cadeaux reçus, la cuisine de sa belle-fille, les gentillesses des enfants. Malik découvrait une image de son père nouvelle, lui toujours pudique, discret, taiseux se révélait prolixe, enthousiaste, chaleureux avec son ami.

- En fait, je pense que vous l'impressionniez un peu, vous, avec vos diplômes et votre réussite. Il était un peu complexé de n'être qu'un ancien ouvrier spécialisé, presque analphabète. Il vous aimait mais était d'une génération où les hommes ne se livraient pas, commenta le veuf, comme lisant dans les pensées de son visiteur. Il se confiait à moi parce que nous avions fait les quatre cents coups ensemble quand nous étions gamins. C'est différent.

Malik ne parlait pas, il écoutait les récits de Robert Cohen qui racontait leurs après-midi à bavarder en se chicanant un peu sur des broutilles.

- Moi, j'aimais bien blaguer sur les filles qui passaient dans la rue ; votre père trouvait que je manquais de sérieux pour mon âge. Il me critiquait pour boire trop de pastis aussi, mais gentiment. En fait cela nous occupait. Je lui disais qu'il avait l'air d'un chibani, il me répondait que lui était peut-être un chibani, mais que moi j'étais un zaken manquant de sérieux. On rigolait, quoi. Il va me manquer votre père; il va beaucoup me manquer…

La voix du vieil homme se cassait d'émotion. Le flot de paroles refluait sous la douleur. Malik lui prit la main et la garda dans la sienne. C'était un peu la main de son père qu'il tenait.

« Je viendrai vous chercher demain à huit heures trente pour les obsèques » dit Malik sans même demander à Robert Cohen s'il était d'accord.

« Oui, je serai prêt » répondit son hôte, d'une voix, d'un coup, éteinte.

Malik appela son épouse de l'hôtel le soir pour lui raconter sa journée, la rassurer surtout et avoir des nouvelles des siens. Elle lui raconta la journée d'Omar passée à ramasser les palourdes à marée basse avec son grand-père. Omar vint lui dire bonjour mais rapidement car annonça-t-il à son père il était « en cuisine ». Madeleine demanda à quelle heure ses beaux-parents seraient ensevelis pour avoir une pensée à distance pour eux.

Après avoir regardé les actualités sur France 24, Malik joignit Morel pour faire un point sur l'enquête en cours à Paris. Sans surprise, aucun progrès notable de la part de leurs collègues de la Criminelle. Les empreintes ADN relevées dans la chambre de Mustapha Khos n'avaient, pu être appariées avec aucunes des empreintes présentes dans les fichiers de police.

Malik mangea un plateau télé dans sa chambre et se prépara à la cérémonie du lendemain.

La matinée était lumineuse. Des vols d'oiseaux migrateurs repartaient vers le septentrion. Malik fut reconnaissant à Abdelkader d'assister à la cérémonie, quelques pas derrière Robert Cohen et lui même. Le vieil homme ne disait rien. Ce n'était pas la première fois qu'il assistait à un enterrement musulman.

L'imam prononça alors la prière des morts. Il récita, comme il se doit, sans génuflexion ni prosternation, les quatre tekbir. Après le premier tekbir, il ânonna la Fatiha; après le second tekbir, la prière sur le Prophète et après la troisième, celle pour le repos de l'âme du défunt. Pendant la cérémonie, Malik perçut la voix de l'ami de son père qui murmurait. Tendant l'oreille, il ne reconnut ni français ni arabe. Le vieil homme prononçait le kaddish en regret des défunts.

La prière prononcée, le visage des deux défunts fut alors découvert par l'employé des pompes funèbres. Malik se recueillit une dernière fois puis les corps furent descendus dans la tombe, placés sur le côté droit, le visage tourné vers la Ka'aba. Les deux linceuls reposaient à même la terre nue rougeâtre du cimetière.

Malik jeta les premières trois poignées de terre sur les linceuls, suivi de Robert Cohen puis d'Abdelkader.

Malik promit à Robert Cohen de lui téléphoner et lui proposa de venir en France rencontrer sa famille. Le copain d'enfance de son père le remercia mais avoua qu'il se sentait bien fatigué. Il promit de passer voir la famille Benamar quand il rendrait visite l'été prochain,

« si Dieu me prête vie », quand il visiterait ses enfants en France.

« Si vous aviez une photo de votre père, cela me ferait plaisir. Vous comprenez... » demanda-t-il pudiquement sans achever sa phrase. Malik s'engagea à lui en envoyer une dès son retour en France.

Abdelkader et lui se séparèrent par une longue poignée de mains à l'aéroport. Malik lui dit qu'il serait toujours le bien venu chez lui s'il passait en France. Ils convinrent d'un point téléphonique hebdomadaire sur le dossier.

Malik était resté moins de quarante-huit heures en terre marocaine mais il se sentait plus âgé de plusieurs années d'en revenir orphelin.

Il se promit de venger ses parents en remontant tout d'abord la filière marocaine à partir de la recherche de complicités dans les milieux islamistes français. Il ne croyait pas trop à cette piste mais il fallait l'épuiser en premier avant de tirer le fil qatari car l'enquête était, il le savait, compliquée par la disparition des suspects et par la très grande difficulté d'aller enquêter au Qatar même.

16 - Gruson

Joseph Gruson, après son baccalauréat scientifique au lycée Kernanec, avait opté pour une carrière d'informaticien. Il s'amusait à programmer depuis l'âge de treize ans en Visual basic, HTML, Java et C++, donc faire d'un plaisir un métier lui sembla optimal. Ce choix rassura ses parents, modestes employés, qui s'angoissaient à l'idée que leur fils puisse opter pour des études longues, littéraires ou de sociologie, qui le conduiraient, dans cette région frappée par le chômage, aux portes de Pôle emploi. Joseph s'inscrivit à Sup Info Lille.

C'est durant l'été 2014 qu'il avait revu Florent Lomme, le fils du milliardaire, qui lui avait parlé de Dah'ech, montré des vidéos montrant des enfants syriens massacrés par les soldats de Bachar el-Assad, des civils palestiniens tomber sous les tirs de Tsahal, des combattants islamistes souriants, leurs fils dans les bras paradant dans Mossoul.

Joseph ne s'intéressait pas à la religion ni vraiment à la politique. Il avait manifesté quelques fois durant des années lycéennes, contre le nucléaire et, plus récemment, contre le gaz de schiste. Les politiciens lui faisaient horreur. Il ne votait pas. Pourtant il ressentait un besoin d'agir pour une cause juste, utile. La levée en masse de la jeunesse arabe en Tunisie l'avait enthousiasmé. Il avait suivi sur Facebook et Twitter le combat des jeunes syriens, la répression de l'armée, l'étranglement d'une espérance. Les jeunes français de son âge lui apparurent d'un coup pharisiens, préoccupés de futilités, couchaillant sans joie et se biturant pour oublier la vacuité de leurs existences. Il se sentit différend, investi d'une mission : témoigner auprès des populations syriennes opprimées que l'Occident n'était pas peuplé seulement de clones américanisés. En seconde, la professeure de français leur avait fait lire La condition humaine de Malraux. L'engagement des jeunes occidentaux dans les Brigades internationales l'avait exalté. Bachar el-Assad n'était-il pas un nouvel Hitler, tuant son propre peuple pour le seul bénéfice d'une caste alaouite népotique et égoïste. La Syrie baasiste n'avait-elle pas été la terre où le criminel nazi Aloïs Bruner, le commandant du camp de Drancy, avait coulé une vieillesse heureuse ? Le combat des jeunes syriens opprimés était celui des damnés de la terre de Hunger games contre le Capitole. Assad était un tyran pire que le Président Snow. Joseph se fantasma comme un oiseau moqueur. Il rejoignit Florent dans son adhésion au djihad, passa des nuits entières à visionner les films produits par al Furqan, l'agence média de Dah'ech animée par Abou Amr al Shami, un Syrien né en Arabie saoudite qui dirigeait une armée de rédacteurs, cinéastes, bloggeurs.

Il se convertit à la fin de l'été 2014 durant une cérémonie privée par un imam algérien formé par les Frères musulmans en Egypte qui animait une association d'entraide musulmane servant de couverture au prosélytisme islamiste fondamentaliste. Joseph Gruson prit le nom d'Ali Maalouf, Maalouf comme l'académicien dont il avait lu 'le Prophète, Khalil Gibran'. Joseph devint encore plus intransigeant que Florent qu'il accusait de mollesse. Pour se moquer, il suggéra à Florent d'adopter le nom de ben Arich comme nom musulman, lui le fils de milliardaire. La signification de fils du riche de ce nom, avec le jeu de mots par assonance entre le mot arabe et français, les amusa tous les deux et Florent adopta en rigolant ce 'nom de guerre'.

Joseph mit à disposition de la cellule de Dah'ech qui se constituait autour de quelques zélotes rencontrés sur Facebook, ses compétences informatiques leur enseignant comment anonymiser l'adresse IP d'origine de leurs mails en passant par la plateforme Tor afin d'empêcher qu'ils ne soient tracés par la police. C'est lui qui fournit aux membres de la cellule le logiciel open source de cryptage des échanges confidentiels avec le 'commandement" de Dah'ech, en fait un informaticien français rallié qui opérait à partir d'un cybercafé de Rakka la place forte occupée par l'Etat islamique.

Joseph était parti dés les 20 septembre en Syrie, via la Turquie. Florent, son meilleur copain, ne partit que le 24 octobre.

Florent rejoignit Joseph dans la brigade des « Francaouis » qui opérait en appui des combattants arabes. Le commandement leur confiait des basses missions : ravitailler en munitions les soldats en première ligne, garder des otages, emmener à la décharge qui servait de fosse commune les corps des suppliciés. Ce dernier boulot au début les rebutait car les corps des soldats syriens ou des milices chiites crucifiés, décapités, lapidés, laissés exposées en pleine chaleur, pendant plusieurs jours pour l'édification et l'endurcissement des combattants, puaient le cadavre. Ils prirent pourtant l'habitude de travail de fossoyeur, se filmant trainant les corps par les pieds au pick-up comme de prises de guerre et postant ces vidéos sur leurs comptes Facebook. La gloire était quand un journal grand public, comme Paris Match ou le Figaro, mettait à la une, une de leurs macabres photos. Le nombre de vues de leurs faits de guerre constituait le hit parade d'une compétition dans l'horreur et l'abjection entre ces soldats de fortune. Ces images cauchemardesques évoquaient les horreurs de la Shoah par balles et les photos de ces nouveaux Sonderkommandos mais eux volontaires, bourreaux en treillis arborant le drapeau de Dah'ech, inondaient les réseaux sociaux. Le grand bazar de l'ignoble faisait recette. Aux visages hilares des SS des Einsatzgruppen, contemplant les poings sur les hanches, les juifs se rangeant à la place désignée, pour recevoir le coup de grâce dans la nuque, avaient succédé les facies satisfaits de ces nouveaux barbares.

Gruson eut son moment de gloire quand la DGSI crut le reconnaître dans l'escadron de combattants revêtus de tenues de combat du désert, flambant neuves, volées dans les entrepôts irakiens débordant de matériel américain, qui dans un ballet macabre soigneusement réglé, parada pour se saisir de la main gauche un poignard de commando, la main droit tenant par la nuque un soldat entravé, le faire s'agenouiller devant la caméra et lui trancher la gorge comme celle du mouton de l'Aïd-el-Kebir. La mère de Joseph Gruson, qui avait cru le reconnaître, mais maintenant disait avoir cédé aux interrogatoires trop directifs de la DGSI, fut assiégée de journalistes voulant l'interviewer. Téléréalité et information en continu s'unissaient incestueusement. Le visage des suppliciés était flouté et l'égorgement seul était épargné au spectateur du 20 heures qui assistait, entre la poire et le fromage, à la mort d'humains.

La résistance inattendue des kurdes du PYD et la désorganisation des lignes de ravitaillement par les frappes aériennes de la coalition internationale enleva à Dah'ech une victoire annoncée à Kobané. L'armée islamiste dut faire appel, début décembre, à ses réserves et faire monter en première ligne des combattants moins aguerris. Joseph et Florent furent envoyés rejoindre les troupes engagées dans des combats de rue, quartier par quartier avec les kurdes.

Sur la route reliant les dépôts de munition dissimulés dans une mosquée et la ligne de front, le convoi les emmenant subit une frappe d'un missile tiré par un Mirage français. Le quatre-quatre de Florent prit la salve de plein fouet et disparut dans le feu d'artifices des munitions transportées. Joseph, de son véhicule qui fermait le convoi, aperçut le véhicule explosé s'éparpiller et ne put identifier dans les débris de métal et de morceaux humains le corps de son camarade. Il dut l'abandonner là et poursuivre vers la zone des combats.

Ayant survécu à cette première journée de tueries, il posta le 10 décembre l'annonce de la mort de Florent, en « martyr de Kobané tué par un Mirage français », avec un selfie d'eux deux, pris la veille au campement. Le service de communication de Dah'ech lui fit reproche d'avoir posté sans accord cette information sur la toile lui rappelant que les vidéos, mails et tweets des combattants devaient dorénavant être soumis à leur censure car l'exploitation de ceux-ci par les services de renseignement occidentaux leur avaient permis le repérage de cibles pour les frappes aériennes.

Joseph se battit pendant plusieurs mois dans le corps à corps pour la prise ou la défense de quartiers de Kobané. Les snipers des deux camps étaient l'arme principale. Joseph ne parlant pas arabe s'intégra dans un groupe de tunisiens et de marocains qui lui traduisaient les consignes reçues.

Le 23 février 2015, une frappe de mortier kurde sema la panique dans le groupe de combattants francophones. Laissant morts et blessés sur terrain, les survivants se replièrent dans la confusion. Joseph qui avait pris refuge derrière un mur se trouva à moitié enseveli sous les grabats, assommé. Les combattants kurdes du PYD le découvrirent blessé. Ils allaient l'abandonner, agonisant, quand Joseph se mit à gémir. Un des combattants qui avait été étudiant en économie à l'université de Mossoul avant qu'il n'ait du fuir lors de la prise de la ville par Dah'ech avait étudié le français. Il désigna le blessé que les combattants ramenèrent dans l'hôpital de campagne dans la partie contrôlée par les forces kurdes. Gruson n'était pas blessé seulement groggy. L'officier de renseignement kurde envoya une photo du français à l'agent de la DGSI qui était de l'autre côté de la frontière turque. Celui ci recevant l'identification de Gruson par le servie centra parisien organisa l'exfiltration de Gruson par un avion français posé sur la base de l'Otan d'Incirlik en Turquie. Dés son retour sur le sol français, son inculpation pour Gruson actes terroristes lui avait été signifiée avant son incarcération à la prison de Fresnes.

17 - Itinéraire d'un djihadiste

Le 25 au lever du jour, Joseph Gruson, de son nom de guerre Ali Maalouf, se réveilla attaché sur le siège du Lockheed C-141 Starlifte au moment de l'approche finale au dessus de Villacoublay près de Paris.

L'agent de la DGSI, chargé de l'escorter, lui avait administré un puissant sédatif pour avoir la paix pendant le vol de nuit après l'avoir menotté à son fauteuil.

Joseph savait ce qui l'attendait dorénavant : de longs interrogatoires par les agents de la cellule anti-terroriste de la DGSI puis une condamnation à une longue peine de prison. Cette perspective ne l'angoissait pas, lui qui était prêt à mourir au combat pour la cause de l'Etat islamique et son emprisonnement serait l'occasion de convertir d'autres détenus et donc de servir la cause.

Une fourgonnette de la police banalisée le conduisit de Villacoublay à la prison de Fresnes. Joseph regardait, par la fenêtre grillée, défiler les banlieues, les embouteillages de voitures, les façades intactes des immeubles. Ce spectacle lui semblait une mise en scène à lui qui avait passé presque trois mois, terré dans des immeubles détruits, se nourrissant de rations militaires et de rasades de Red Bull. Les commerçants de Rakka fournissaient les combattants occidentaux de boisons énergisantes et de chips Pringles, importés de Turquie. Tout circulait d'ailleurs. Notamment des comprimés de captagon, de la fénéthylline, un psychotrope qui exacerbait les capacités au combat, annihilant la peur. Gruson en croquait toujours avant de partir à l'assaut. Il s'était acheté aussi un iPhone 4 dernier modèle pour poster des messages sur son compte Facebook. Il touchait une solde de 200 euros par mois plus des primes de combat et les pillages. L'argent n'était pas un problème pour Dah'ech. Le pillage de la banque centrale de Mossoul lui avait rapporté des milliards en dollars, ses trafics de pétrole des raffineries irakiennes sous contrôle vers la Turquie, les rackets et rançons lui rapportaient trois millions de dollars par mois. La coalition conduite par les Etats-Unis tentait de réduire cette manne en frappant les convois, renouvelant la tactique ayant fait tomber Al Capone, emprisonné pour fraude fiscale faute de pouvoir l'inculper pour ses crimes.

A son arrivée à la prison, Gruson fut mis sous écrous puis pris en charge par le capitaine Morel qui lui signifia son inculpation par le juge attaché à la DGSI. Il fut immédiatement incarcéré dans une cellule d'isolement pour éviter tous contacts avec des détenus et garder secrète son incarcération.

La DGSI espérait qu'il serait donné pour mort par Dah'ech et que son interrogatoire permettrait d'identifier des djihadistes 'dormants' en France et de les interpeler avant que l'alerte ne soit donnée.

Morel début le premier interrogatoire à 14:00 dans un bureau de la prison.

Morel regarda longuement le prisonnier, cherchant une éventuelle faille dans son comportement. Morel croyait beaucoup à la psychologie et à l'analyse comportementale qu'il avait apprise au cours de stages de formation et de lectures personnelles.

Gruson était une jeune homme, d'un mètre quatre-vingt dix, bien bâti. Il reconnut le visage posté sur le compte Facebook mais buriné, fatigué par les semaines de combat. Une barbe de six mois encadrait son visage. Son front portait fièrement les marques de la prosternation. Étonnant, se dit Morel, cette marque que certains musulmans appellent le dinar ou zebibah (le raisin), ou encore Macha Allah (C'est ce que Allah a voulu) n'est pas donnée à tous les musulmans pieux et ne se forme qu'après des années de prosternation et que chez certains fidèles.

Gruson dévisageait sans gène le policier. Calme, jouant l'indifférence mais se préparant à la joute.

Sa fiche que Morel avait relue avant l'interrogatoire le qualifiait d'intelligent à très intelligent, expert en informatique, probable leader de la cellule de Dah'ech à Lille. Il ne serait pas aisé de le déstabiliser. Les combats endurcissaient ces intellectuels égarés en leur inculquant une indifférence à la mort et le sens d'un voyage sans retours.

L'interrogatoire était filmé. Morel opérait seul. Il n'avait pas voulu mobiliser Malik de retour des obsèques de ses parents à Fès. Un interrogatoire est pour un officier de police un exercice très fatigant, physiquement mais surtout mentalement, car il s'agit de briser la volonté du délinquant en le dominant psychologiquement or Malik, même s'il s'en serait défendu, était affaibli par son deuil. Morel engagea l'interrogatoire par les formules habituelles.
- Nom, prénom, date de naissance ?

- Vous les connaissez.

- Racontez-moi votre itinéraire depuis votre départ de France le dix septembre 2014

- Non, je ne vous raconterai rien. Rien ne m'y oblige, répondit sans ciller Gruson.

Morel enchaina alors :

- Vous avez annoncé la mort de Florent Lomme sur votre compte Facebook le 10 décembre 2014. Quelles furent les circonstances de sa mort ?

Gruson garda le silence.

- Vous ne voulez pas donner à ses parents les moyens de faire leur deuil ?

- Florent avait fait son deuil de ses parents bien avant de mourir, répondit Gruson.

- Nous avons des images de vous sur votre compte Facebook et sur des vidéos de Dah'ech vous montrant charriant des cadavres enchaînés par pieds à votre pick-up, posant devant des têtes coupées, faisant le V de la victoire à côté d'un homme crucifié. Êtes-vous conscient que ce sont des crimes de guerre ?

Gruson resta muet.

- Vous apparaissez sur la vidéo de novembre 2014 montrant l'égorgement de dix-huit soldats syriens. Niez-vous être l'un des bourreaux ?

- Les exécutions concernaient des pilotes nassirites d'Assad ; ceux-là même qui balançaient des barils de TNT sur des marchés et des écoles rebelles. Assad a tué plus de soixante mille civils dont plus de dix mille enfants, allez le chercher à Damas au lieu de le protéger de la juste vengeance de son peuple."

- Donc, vous reconnaissez être l'un des exécuteurs ?

- Je ne reconnais rien. Je vous précise simplement qu'il s'agissait de pilotes syriens responsables de crimes de guerre contre leur propre peuple. La lutte de Dah'ech est légitime.

- Comment expliquez-vous alors que de nombreux français égarés veuillent maintenant rentrer en France ?

- Ils ne rentreront pas. La hijrah, l'émigration définitive en terre où est appliquée la charia, est pour eux obligatoire, parce que vivre dans les pays occidentaux, c'est interdit. Le prophète a désavoué tous ceux qui vivent parmi les mécréants, fut la ferme réponse de Gruson

- Parlez-moi de la cellule de Dah'ech que vous avez constitué à Lille

- Je n'ai rien constitué. A vous de trouver mes supposés complices, nargua Gruson qui gérait son interrogatoire avec le calme d'un joueur d'échecs

- Les deux membres de la cellule restés en France sont morts avec Florent mort et vous mis sous les barreaux, il n'y a plus de complices, provoqua intentionnellement Morel.

- C'est ce que vous croyez, attendez encore quelques semaines avant d'être aussi sur de vous ! lança Gruson qui s'interrompit, conscient d'avoir trop parlé.

- Donnez nous le nom des membres de la cellule qui sont encore dans la nature. Cela vous sera compté lors de votre procès, tenta Morel.

- Je suis préparé pour une longue peine, vous perdez votre temps.

Morel, comprenant qu'il n'obtiendrait rien de plus de Gruson, interrompit l'interrogatoire et appela Malik pour lui restituer la seule information livrée par Gruson.

- Si Gruson dit que nous devons attendre quelques semaines pour constater que la cellule lilloise comporte encore un ou plusieurs djihadistes, c'est qu'ils sont dormants et pas encore opérationnels, raisonna Malik.

- Qu'ils préparent un attentat en représailles de la capture de Gruson, non ce n'est pas une hypothèse car Dah'ech tient Gruson pour mort. Donc soit c'est un attentat programmé de longue date et dont Gruson serait informé mais la coïncidence est peu plausible…

- … ou alors que le type est en prison et sera bientôt libéré… compléta Malik

- Oui. C'est l'hypothèse la plus probable. Le gars a été emprisonné avant que Gruson ne quitte la France pour un délit mineur et il va réactiver la cellule bientôt. Mais comment le repérer ? Gruson ne lâchera rien.

- Je ne vois qu'une solution. Infiltrer les détenus musulmans radicaux en prison en ciblant ceux qui peuvent sortir dans les prochains mois. Ce qui va nous faciliter la tâche, c'est que la plupart sont regroupés à Fresnes.

- Certes mais comment les infiltrer ? objecta Morel.

- Je vais les infiltrer moi-même, répondit Malik.

- Tu es sûr que tu veux prendre ce risque ? Si tu es démasqué par un détenu, cela peut être très dangereux.

- Je sais, mais, avec un peu de chance, je récupérerai aussi un tuyau sur une éventuelle complicité de Dah'ech dans l'assassinat de mes parents. Par contre, il faut garder Gruson au secret car il peut avoir des connaissances chez les détenus de Fresnes.

- Cela va être un peu compliqué de garder longuement Gruson à l'isolement car même inculpé, il a des droits. Fresnes ce n'est pas Guantanamo, les informations circulent.

- Bon, il ne te reste plus qu'à me construire une identité de petit délinquant beur, conclut Malik

18 - Solens

Malik demanda à Morel de finir la semaine de congés qui avait été interrompu par sa mission au Maroc. Il fallait aussi qu'il explique à Madeleine et à son beau-père qu'il était prudent que sa famille prolonge son séjour breton car une menace personnelle sur lui-même et sa famille étaient trop immédiats.

Jeudi 26 février, La navette de 11:05, baptisée Kerven quitta l'Argoat, emportant Malik vers Bréhat. Les goélands tournoyaient en gueulant au dessus du bateau. Malgré un crachin glacial, Malik resta les poches dans sa canadienne sur le gaillard avant, se soûlant de brise marine. Quarante huit heures avant, ses narines étaient pleines de l'odeur d'encens et de myrte. Le contraste entre le Maroc où il venait d'enterrer ses deux parents et la vigueur océane frappa Malik d'une immense tristesse.

Omar était ravi des ces vacances improvisées. Bruni dans les embruns, il raconta ses exploits à son père. Caroline sourit à son papa. Elle dormait beaucoup, fatiguée par les longues promenades quotidiennes le long de la côte sauvage. Son beau-père lui serra la main longuement; c'était sa façon à lui d'exprimer ses condoléances. Grande gueule mais pudique.

Madeleine l'embrassa rapidement sans parler. Son doux regard attendait que son époux parle, respectant son mutisme. Malik resta mutique, les bavardages entre le grand-père et le petit-fils meublèrent le déjeuner.

L'après-midi, toute la famille profita des grandes marées pour aller au ramassage des coquillages et à la pêche à la crevette. Omar montra à son père comment on attire les couteaux en répandant du gros sel sur leurs trous en forme de huit sur l'estran. Les solens, trompés par le sel, croyant la marée haute, remontent à la surface pour se nourrir. Leur corps rectangulaire nacré jaillit du sable. Le gastéropode sort sa tête prudemment du sable, comme un périscope. « Il faut, expliqua Omar, toujours très pédagogue avec son père s'agissant de pratiques de pêche, bien se mettre le dos au soleil pour laisser le trou à l'ombre car sinon le bivalve comprend son erreur et se terre à nouveau en un instant. Tu dois rapidement le saisir fermement par la partie émergée de la coquille en le tirant d'un mouvement continu sinon, il t'échappe et s'enfouit d'au moins une trentaine de centimètres par son pied musculeux et ne ressort plus. » Malik regardait Omar, penché sur le gravier, faisant un concours de prises avec son beau-père qui le laissa gagner.

On dîna en entrée des couteaux cuits au four à la provençale, abondamment aillés et persillés avec un bordeaux blanc entre-deux mers très sec. Malik était rassasié déjà mais il dut faire honneur à deux dorades grises cuite au sel accompagnées d'un petit chablis. Son beau-père s'excusait presque de l'abondance de la chair expliquant qu'il n'avait pas tellement le goût de cuisiner quand il était seul : « Un petit bar au fenouil en papillotes ou grillé au feu de bois l'été, des rascasses à la rouille, des beignets de congre, et bien sur, une fois par mois, un homard bleu breton, parce qu'ici, il est incomparable » blagua-t-il faisant mine de vouloir se faire plaindre.

Après dîner, les enfants couchés, les adultes jouèrent au tarot se réchauffant d'un vieux calvados. Madeleine était pressée de parler en tête à tête avec Malik et prétexta une fatigue pour écourter la soirée.

Malik raconta les obsèques, la rencontre avec Robert Cohen. Passant sous silence les conditions horribles de l'égorgement, il fit état de la signature par Dah'ech des crimes.

- Il y a une fatwa sur moi manifestement. Ils s'en sont pris à mes parents. Demain, c'est toi et les enfants qui pouvez être menacés. Je suis désolé. Je ne sais pas comment ils m'ont repéré mais il faut que je retrouve les auteurs afin d'éliminer la menace. On sera peut-être obligés de déménager. Dans l'immédiat, je dois te demander de rester ici, à Bréhat, avec ton père car vous y êtes plus en sécurité qu'à Paris.

A sa grande surprise, Madeleine ne se rangea pas à ses arguments.

- Non, je rentre à Paris. Lundi, c'est la fin des vacances scolaires. Et puis, je ne peux pas demander des congés sans date de fin à mon patron même en lui expliquant que mon mari est un policier traquant et traqué par des djihadistes.

- Madeleine, ceux qui ont égorgé mes parents peuvent demain venir vous tuer, toi et les enfants !

- Je ne fuirai pas, je refuse de fuir devant ces sauvages !

- Ecoute, je vais devoir m'absenter plusieurs semaines pour mon enquête. Je ne serai pas là pour vous protéger. Il faut que tu me fasses confiance. Plus vite, j'aurai mis la main sur les coupables, plus vite vous pourrez rentrer.

- Non, ma décision est prise. Je rentre à Paris. Papa a accepté de venir vivre à la maison pendant tes absences. On en a parlé. Il accompagnera Omar à l'école et Caroline à la crèche. Il nous servira de garde du corps.

Malik fut déconcerté de découvrir que, en son absence, Madeleine avait planifié son retour mais il comprit qu'il ne pourrait l'obliger à rester sur l'île. Il se mentit en pensant qu'il pourrait obtenir qu'une voiture de police vienne patrouiller régulièrement devant chez lui pour repérer d'éventuelles menaces et dissuader. Et puis, Paris était une grande ville. Certes, c'était plus facile pour un tueur de se mêler à la foule mais, a contrario, Bréhat était coupée du monde. En cas de menace, la police la plus proche ne pourrait intervenir qu'en plusieurs heures voire pas du tout en cas de tempête.

- Ok. Je ne suis pas d'accord mais je laisserai une arme dans le tiroir. Je montrerai à ton père comment s'en servir et je demanderai une protection policière de la maison.

Malik décida de ne pas dire à Madeleine qu'il allait se faire enfermer volontairement dans la cage aux lions. « Daniel a miraculeusement survécu, pourquoi pas moi ? » pensa-t-il.

Malik et Madeleine ne trouvaient pas le sommeil, tous deux angoissés. Madeleine craignait plus pour la vie de son mari qu'elle n'avait peur pour elle et les enfants. Malik sut au souffle trop léger de Marie qu'elle ne dormait pas. Sans parler, il vint vers elle et incrusta son corps contre son dos, ses reins contre les siens, ses pieds noueux contre la douceur des siens. Ils s'endormirent ainsi, 'en cuiller' et cela leur fut plus tendre que le plus long des accouplements.

Omar toujours positif fut ravi d'apprendre le lendemain au petit-déjeuner que Papi venait avec eux à Paris. Enthousiaste, il proposa d'organiser une partie de pêche sur la Seine. Son grand-père se défaussa, disant qu'il ne mangeait pas de poisson d'eau douce mais proposa une visite de l'aquarium du Trocadéro où ils iraient voir les requins. « Quand tu seras plus grand, on fera de la plongée ensemble » promit l'aïeul baroudeur.

19 – Fresnes

Benamar Malik prit le pseudonyme d'Ismaïl Benabdellah, natif de Rabat. C'était un nom de consonance marocaine et suffisamment répandu pour réduire le risque d'identification par un codétenu. Il rédigea lui même sa fiche de police : petit délinquant, multirécidiviste pour des vols à la roulotte, arrêté en flagrant délit par la police de Rennes. Il choisit la capitale bretonne plutôt que la banlieue parisienne pour compliquer d'éventuels recoupements par les bandes plus structurées de Paris grande couronne. Pas de famille, issu de foyers pour jeunes en dérive. Un passé banal de petite 'caillera'.

Malik avait choisi la maison d'arrêt de Fresnes pour son immersion carcérale. Fresnes était derrière Fleury-Mérogis le plus grand établissement pénitentiaire français avec deux mille cinq cents détenus. Les français arrêtés de retour de Syrie ou d'Irak, au nombre de dix-neuf, y étaient détenus en instance de jugement. Le Directeur de la prison avait décidé de les regrouper dans le quartier d'isolement, celui des détenus au statut particulier : cas psychiatriques, détenus particulièrement surveillés (DPS), détenus médiatisés, fonctionnaires du Ministère de la justice, de l'intérieur ou de la défense... et maintenant djihadistes.

La difficulté serait pour lui d'entrer en contact avec les musulmans radicaux car se faire incarcérer d'emblée dans le quartier d'isolement aurait suscité une curiosité immédiate des islamistes reconnus. Fresnes est surnommée 'la gare de triage' par les détenus car un très grand nombre de détenus ne font qu'y transiter, en instance de jugement ou avant une détention longue dans un centres de détention ou une maison centrale. Fresnes, maison d'arrêt est supposée n'accueillir que des personnes prévenues, en attente de jugement, et des personnes condamnées à des reliquats de peine inférieurs à deux ans. Cette règle n'est pas parfaitement respectée.

Le lieutenant de police Malik Benamar jouait gros car, pour assurer son complet anonymat, il avait choisi de se faire incarcérer comme prévenu, sur ordre du juge d'instruction attachée à la DGSI, sans informer l'administration pénitentiaire de sa véritable identité, perdant, par là-même, le bénéfice d'une protection spécifique de la part des agents de la pénitentiaire.

Il ne pouvait compter que sur lui-même pour survivre dans la fosse aux lions. Un agent de la DGSI devait venir le visiter tous les samedis au parloir pour faire un point et, en cas d'urgence, le faire libérer en révélant sa véritable identité aux autorités pénitentiaires.

Une autre difficulté pour lui serait de se rapprocher des fondamentalistes musulmans, lui qui avait été élevé de manière laïque par son père et qui ne pouvait réciter du Coran que quelques formules simples comme la chahada.

Malik imagina alors un stratagème un peu compliqué : il serait incarcéré comme suspecté de sympathie islamiste par erreur, pour avoir fréquenté David Drugeon, le jeune français converti à l'islam et combattant pour le groupe Khorassan qui avait été tué par un drone en novembre 2014. Khorassan est un groupe islamiste, combattant au sein d' Al'Nosra, la branche membre d'Al-Qaïda en Syrie.

L'officier de la DGSI choisit le groupe Khorassan pour rendre presque impossible un recoupement par des djihadistes détenus à Fresnes. Même s'ils étaient coupés du monde, sans accès à Internet ni téléphone, les prévenus recevaient la visite de leurs avocats et, pour certains, de leurs famille.

Les avocats, pour la plupart des avocats commis d'office, étaient peu susceptibles d'être complices et la plupart des islamistes détenus refusaient de voir leurs familles. De facto, les détenus étaient mis au secret même si Fresnes n'est pas Guantanamo.

Malik savait que Khorassan est une dénomination utilisée par les média américains, sur l'inspiration de la CIA, mais une dénomination trompeuse. Le groupe existe, il comporte quelques dizaines de combattants d'élite dont certains formés par les services secrets américains, qui a fait allégeance à Al-Qaïda. Un groupe de combattants sans nom, qui se nomment entre eux même « les loups ». Parmi eux des Égyptiens, des Turcs, des Serbes et des Tunisiens mais aussi quelques français. De l'Afghanistan au Pakistan puis en Irak et maintenant en Syrie, ces mercenaires de l'extrémisme islamiste exportent leur « savoir-faire ».

Le 22 septembre 2014, pour leur premier bombardement en Syrie, les États-Unis ont ciblé à Reef Al Muhandeseen, un petit village à l'Ouest de Alep, quelques bâtiments frappés d'une cinquantaine de missiles de croisière. Un français était directement visé par ces frappes du 22 septembre fait partie de ce groupe. Un ancien soldat, né en France, de parents Tunisiens, qui alors qu'il était dans l'armée Française, aurait été recruté par différents services de l'Hexagone comme contractuel d'où la désignation erronée par certains médias comme un ancien de la DGSE.

Khorassan est donc pour les djihadistes plus un mythe qu'une réalité militaire. Malik avait étudié le profil des détenus islamistes de la prison de Fresnes qui étaient tous passés par les mains de la DGSI, soit repérés avant leur départ, soit capturés lors de leur retour. Aucun des dix-neuf inculpés n'avait combattu dans les rangs d'al Nosra or les relations entre al'Nosra et Dah'ech sont des relations de concurrence militaire et médiatiques et d'hostilité. Dah'ech est schismatique car formée de dissidents d'Al-Qaïda. Les deux organisations ont adopté un modus vivendi sur le terrain mais se honnissent.

Malik fut conduit par un véhicule banalisé de la DGSI à la prison de Fresnes où il fut mis sous écrous. Le capitaine Morel servit d'escorte à Malik avec un autre agent mis dans le secret.

Malik subit la fouille au corps minutieuse des gardiens. Il ne détenait rien pas même une montre. Il était supposé avoir été interpellé au moment où il tentait de passer la frontière pour prendre un vol pour Ankara. Revêtu de la tenue de prisonnier, il n'avait plus d'autre identité que celle d'Ismaïl Benabdellah.

Chaque prisonnier bénéficiait d'une cellule individuelle dans le quartier d'isolement ce qui était un luxe compte tenu du surpeuplement carcéral.

Malik pour crédibiliser son profil de prisonnier musulman impie ne demanda pas à bénéficier d'un régime halal ni à fréquenter la salle de prière de la prison.

Cela le ferait rejeter par les autres détenus, musulmans fondamentalistes, dévots qui pratiquaient les cinq prières, et un régime hallal strict. Le refus de Malik de s'intégrer au groupe de bigots visait à écarter le soupçon d'être un mouton infiltré. La forte solidarité du groupe des barbus le frapperait d'ostracisme ; c'était ce que Malik souhaitait.

Le profil atypique de ce détenu non dévot, loin de lui valoir la sympathie des gardiens du quartier d'isolement, le firent mettre à l'index aussi par le personnel de la prison. Le calme des prisons repose sur la discipline et les routines. Fresnes est, de tradition, un établissement, où la discipline intérieure est ferme. Les détenus transférés des autres établissements comme celle de la Santé fermée en juillet 2014 pour des travaux de rénovation, se plaignent de la rigueur renforcée et du manque de tolérance des matons.

La routine du troisième étage, celui du quartier d'isolement était rythmée par les horaires du culte coranique. Il n'y avait pas d'appel du muezzin mais, volens nolens, les personnels avaient du accepter le rythme des prières. La nuit, les détenus se réveillaient les uns les autres en tapant sur les murs des cellules pour pratiquer la prière de la nuit, l'al-îcha. A l'aube, les détenus se prosternaient à nouveau dans leurs cellules pour l'al'fajr. La prière de la mi-journée, l'al'dhour, ils l'accomplissaient à la mosquée ainsi qu'ils appelaient la salle de prière mise à disposition de l'imam par l'administration. L'al'asr, la prière de la mi-journée était faite dans la cellule comme celle du coucher du soleil, l'al'maghrib.

D'emblée, Malik fut mis tenu l'écart par le groupe des prévenus islamistes lors des promenades. Comme il ne cherchait pas à nouer connaissance avec d'autres détenus, il restait seul, marchant d'un mur à l'autre, observé avec méfiance par les 'barbus' comme les nommaient les autres résidents du quartier d'isolement.

Comme toute société humaine, la tribu carcérale est hiérarchisée, organisée en clans, en solidarités ethniques ou religieuses, ségrégée en groupes cohabitant mais s'ignorant. L'enfermement rend ces séparations palpables car les divers groupes se côtoient mais ne se mêlent pas. Les requins traversent de leur nage fluide les bancs de poissons qui se défont comme des nuées palpitantes et se referment ensuite. Les dominants semblent ignorer leurs proies jusqu'à la prochaine attaque du poisson le plus faible.

Les barbus étaient craints par les délinquants ordinaires car les motivations religieuses de leurs crimes en faisaient des êtres incompréhensibles pour les prisonniers de droit commun que le lucre, la luxure, la colère, la jalousie ou l'ivresse avaient conduits à Fresnes. La folie religieuse ne faisait pas partie des péchés capitaux et pourtant elle avait conduit certains de ces hommes qui semblaient si calmes à commettre des actes inhumains. Ils ne se livraient à aucune manifestation extérieure, conspirant entre eux à voix basse.

Si la moitié des détenus des prisons françaises est de culture musulmane sinon de pratique coranique active, le ministère de la Justice estimait à une centaine de détenus considérés comme radicaux islamistes, sur 67.000 détenus. C'est très peu. Mais l'administration pénitentiaire reconnaissant son mal à les prendre en charge. Le choix de regrouper les plus dangereux dans le quartier d'isolement de Fresnes était un choix de confinement, une quarantaine pour réduire le risque d'épidémie radicale mais rendait le foyer infectieux encore plus virulent.

Malik avait pris connaissance des déclarations publiques hostiles des syndicats de personnel pénitentiaire qui estimaient que cette cristallisation donnait du pouvoir aux radicaux, en faisait, une menace directe au sein de la prison.

« C'est leur donner du pouvoir, créer un noyau dur », affirmaient les syndicalistes de la Pénitentiaire qui interpellaient la ministre de la Justice, Christiane Taubira, qui avait pris, surprenamment ses distances, déclarant : « C'est une initiative d'un directeur d'établissement que l'administration pénitentiaire suit de près. Je suis très réservée sur cette idée », alors que la Direction de l'administration pénitentiaire est directement placée sous son autorité. Les journaux de droite titraient sur un appel au djihad lancé de l'intérieur même de la prison de Fresnes assorti de menaces envers les gardiens.

Dans l'ancienne prison de la Santé, quatre blocs différents enfermaient les détenus selon leur origine : bloc A : Europe occidentale, bloc B : Afrique noire, bloc C : Maghreb , bloc D : reste du monde. Fresnes avait inventé la ségrégation religieuse.

Cette surreprésentation est aggravée par le regroupement des musulmans fondamentalistes au motif d'éviter leur prosélytisme vers des codétenus.

Les détenus musulmans refusaient de travailler donc Malik demanda à pouvoir aller travailler à l'atelier pour se constituer un pécule pour cantiner. Cela lui fut refusé mais fut su des islamistes. La prison est une caisse qui résonne des rumeurs.

20 - Le bon imam

Le surlendemain de son entrée à Fresnes, l'aumônier musulman, un certain Lafdali Mohammed, demanda à lui parler. Malik accepta et fut conduit au parloir.

Il s'enquit auprès de Malik de son origine, des raisons qui l'avaient conduit ici, à Fresnes

- Alaykoum Salaam. Je m'appelle Mohammed Lafdali. Je suis l'aumônier musulman de la prison de Fresnes. Je viens faire votre connaissance.

- Assalamu alaykoum, monsieur. Je m'appelle Ismaïl Benabdellah, mai ça vous devez le savoir.

L'aumônier, d'une trentaine d'années, portait une petite barbe soigneusement peignée, déjà grisonnante, mais aucun signe ostentatoire de sa fonction. Il était habillé d'un costume bon marché, froissé mais correct. N'eut été son regard son regard très direct dans des fines lunettes cerclées d'acier, il ressemblait à un petit comptable.

Malik laissait venir à lui le fonctionnaire cultuel de la République.

Passant au dialecte arabe marocain, sans avertissement, l'imam poursuivit :

- Le surveillant m'a dit que tu ne souhaitais pas venir à la salle de prière ; c'est vrai ?

Malik regarda son interlocuteur en mimant l'incompréhension :

- Je ne parle pas bien arabe, vous pouvez me parler en français s'il vous plait ?

L'iman réitéra sa question en français.

- Oui. Je n'ai jamais été à la mosquée. Je ne vois pas ce que j'y ferai. En plus, je ne sais pas lire l'arabe et donc je ne pourrai pas réciter le Coran.

- Tu n'es jamais allé à la mosquée avec ton père ?

- J'ai été élevé par la DDASS. Je suis orphelin. Mon père était marocain d'où mon prénom. Il m'a abandonné. Ma mère, une française, est morte de cirrhose quand j'étais bébé. Je ne suis pas vraiment musulman.

- Mais tu peux le devenir. Serais-tu intéressé à en savoir un peu plus sur la religion de ton père ?

- A quoi bon. Tout ce que je sais, c'est qu'il s'appelait Karim Benabdellah. Je ne sais même pas s'il vit encore.

- Tu sais, les journées sont longues en prison. Tu es en quartier d'isolement donc on ne va pas te laisser aller travailler à l'atelier avec les autres détenus. Tu ne peux pas passer tes journées à ne rien faire. Tu n'as pas les moyens de louer une télévision. Est-ce que tu lis ?

- Non, je n'ai jamais lu un livre à part les bouquins scolaires. J'ai un peu de mal à déchiffrer pour dire la vérité.

- Bon. Cela te conviendrait-il que je vienne te voir une fois par semaine, le lundi par exemple, pour t'expliquer un peu ce que c'est que le Coran, la religion du prophète Mahomet, que la paix et le salut d'Allah soient sur lui ? Au bout de quelques semaines, ou de quelques mois, tu seras libre de te déterminer en adoptant la foi musulmane ou non. Je ne cherche pas à te convertir, juste à l'informer. Qu'en penses-tu ?

Malik accepta en feignant l'indifférence.

Mohammed Lafdali, l'aumônier musulman revint donc le lundi suivant et remit à Malik une brochure en français, autorisée par l'administration pénitentiaire, qui était une introduction à l'Islam.

L'imam enseigna à Malik les fondements principaux de l'Islam et, d'abord, la signification du mot Islam, soumission, obéissance volontaire à Allah, le Dieu Unique. L'unicité de dieu enseigné par Allah à l'humanité par l'intermédiaire des prophètes : Adam, Nouh (Noé), Ibrahim (Abraham), Moussa (Moïse), Issa (Jésus) et Mohamed, le dernier des prophètes. Il lui expliqua que l'Islam s'appuie sur cinq piliers qui sont autant d'obligations pour le bon musulman : l'attestation de foi (Shahâda), la prière (as- sâlat), la zakat (l'impôt social purificateur), le Ramadan (le mois du jeûne), le pèlerinage (hadj).

Mohammed Lafdali fut frappé de l'intérêt rapide du détenu qui déchiffrait pourtant difficilement la brochure.

Au bout d'un mois, Malik déclara vouloir se convertir. L'imam lui demanda de réfléchir à sa résolution une nuit entière et s'il se sentait vraiment prêt d'apprendre par cœur la chahada. Le lendemain, devant la résolution réaffirmée du profane, il décida d'accueillir le prosélyte lors d'une profession de foi prononcée dans la salle de prière de la prison.

Malik prononça la chahada sans faute. Il avait appris par cœur, phonétiquement, les récitatifs des prières et se sentait prêt, déclara-t-il, à partager la prière du matin avec les autres détenus.

L'imam le mit en garde contre ceux-ci.

- Ismaïl, tu vas prier avec le groupe de musulmans radicaux qui sont détenus au même étage que toi. Ce sont des musulmans fondamentalistes. La plupart sont récemment convertis sans avoir suffisamment étudié le saint Coran, ils se sont endoctrinés en lisant des interprétations erronées du Coran. L'exemple le plus évident en est l'appel au Djihad par le sabre contre les non musulmans et même contre des musulmans ne partageant pas leur doctrine : chiites, nusarrites, soufis, notamment. Djihad signifie en langue arabe « exercer une force », « s'efforcer » ou « tâcher ». Dans le Coran, on trouve l'expression « lutter avec votre âme » ou encore l'expression « faites un effort dans le chemin de Dieu ». L'islam compte quatre types de djihad : par le cœur, par la langue, par la main et par l'épée. Le djihad par le cœur invite les musulmans à « combattre afin de s'améliorer ou d'améliorer la société ». Les règles de la charria islamique réprouvent en fait toute forme de violence et de terrorisme. Les attentats-suicides sont sévèrement condamnés par le Coran qui dit : « ne vous donnez pas la mort». Le Coran fait interdiction de tuer des innocents car il prescrit d' «épargner les enfants, les fous, les femmes, les prêtres, les vieillards et les infirmes, sauf s'ils ont pris part au combat ». Le Coran déclare sans ambiguïté que : « Tuer une seule personne (innocente) est comme tuer toute l'humanité ». Les batailles de Mahomet étaient défensives jamais expansionnistes. Le Coran interdit textuellement de détruire les synagogues, églises et mosquées. Tu vois, Ismaïl, combien les fous d'Allah de Dah'ech ou Al-Qaïda ont détourné le véritable message du saint Coran ! Sois très prudent avec eux car ils te mépriseront et douterons de ta trop récente conversion.

Malik écoutait silencieusement les recommandations de l'imam républicain mais il doutait que sa modération ait emporté la conviction des enragés du quartier d'isolement.

21 - Les barbus

Le groupe d'islamistes détenus au quartier d'isolement de Fresnes faisait bloc pour obtenir de l'administration pénitentiaire des concessions toujours nouvelles.

Le régime halal strict, ils n'eurent pas à l'exiger car les cuisines de Fresnes étaient accoutumées à cuisiner selon les préceptes musulmans compte tenu des quarante pour cent de détenus de confession islamique.

La première concession, réclamée au nom de la liberté de culte en prison et obtenue, était celle de pratiquer sans être dérangés par les surveillants les cinq prières.

Puis, ils demandèrent à faire leur promenade tous ensemble à la même heure. Les surveillants, par facilité pour gérer les extractions et réintégrations de cellules, appuyèrent cette demande. Les barbus comment les désignaient les autres détenus se tenaient en groupe compact dorénavant dans l'étroite cour de promenade couverte d'un filet anti-évasion.

Ensuite, ils réclamèrent de pouvoir faire ensemble la prière de l'après-midi, l'al'dhour dans une salle commune. Le directeur de la maison d'arrêt, Vincent d'Aniello, avait accepté avait accepté à condition que la prière soit dirigée par l'aumônier musulman Mohammed Lafdali. Ils avaient accepté malgré leur mépris pour l'imam salarié d'une République kâfir.

Leur demande de pouvoir accéder à internet leur fut par contre strictement et définitivement refusée. Des fouilles régulières de leurs cellules, pendant les promenades, permirent la confiscation de quelques téléphones portables équipées de cartes 3G et même 4G permettant de naviguer sur internet.

Malik avait consulté attentivement la fiche de chacun de ses codétenus établie par le Bureau de renseignement pénitentiaire, l'EMS 3, avant de se faire enfermer sous une identité d'emprunt. L'EMS 3 suit environ huit cent profils les plus lourds parmi les personnes incarcérées dont deux cent cinquante liés au terrorisme, notamment mais pas seulement, islamiste. Ses moyens d'investigations restent limités et très encadrés juridiquement : fouille des cellules, interception des courriers, écoutes des conversations téléphoniques autorisées. Malgré la prolifération des téléphones portables interdits en détention, aucune disposition juridique ne permet de surveiller ces communications illicites ou localiser les correspondants. La coordination entre la DGSI et l'EMS 3 était jugée insuffisante par les syndicats de personnel pénitentiaire et ses moyens insuffisants. Quoiqu'il en soit les fiches de l'EMS 3 permirent à Malik de repérer les principaux détenus et de comprendre leur fonctionnement clanique.

Les islamistes s'étaient choisis des leaders : un leader politique et un référent religieux, qu'ils appelaient Cheikh, par respect. Les gardiens, habitués à desceller les hiérarchies entre prisonniers, avaient rapidement compris que Hâj Kattabi était le leader religieux tandis que Fouad Bellamine était le chef politique. Malik ne mit que quelques jours à comprendre cette organisation.

Fouad Bellamine était incarcéré sur l'inculpation d'avoir été le complice de Mohamed Merah et de lui avoir fourni la mitraillette Uzi avec laquelle il avait assassiné un enseignant et deux enfants juifs de l'école Otzar Hatorah de Toulouse le 19 mars 2012. Ce 'fait d'armes' lui assurait prestige auprès des autres détenus radicalisés.

Hâj Kattabi était l'un des rares détenus à avoir suivi les enseignements les cours de langue arabe dans une madrassa, celle de Villepinte. Cela lui permettait de lire le saint Coran et de consulter les sites fondamentalistes financés par l'Arabie saoudite qui prêchaient le wahhabisme salafiste le plus rétrograde et le rejet des autres courants islamistes jugés hérétiques. Il fréquenta une mosquée animée par un imam ayant suivi les enseignements d'un Frère musulman à l'université al-

Azhar au Caire. Il s'était préparé par un Omra, le petit Pèlerinage, accompli pendant le ramadan 2009 avant d'effectuer le hadj à deux reprises en 2010 et 2012. Incarcéré depuis fin 2013, il avait du renoncer à son pèlerinage annuel.

C'était le seul musulman incarcéré ayant satisfait au cinquième pilier de l'Islam ; cela et sa connaissance du Coran dont il pouvait réciter de mémoire des sourates entières, fit de lui l'autorité religieuse du groupe. Les autres détenus lui donnaient du cheikh ou de l'alem et lui demandait de trancher sur des points de discussion portant sur la foi musulmane. Jamais ils n'auraient interrogé l'aumônier Mohammed Lafdali. Portant la barbe longue, Hâj Kattabi arborait une jalabaya blanche immaculée.

Les discussions au sein du groupe d'islamistes portaient aussi sur la politique. Le groupe n'était pas parfaitement d'accord. Fouad Bellamine était resté zélote d'Al-Qaïda dont il vantait le djihad contre l'Occident mais la plupart des autres prévenus se reconnaissaient dans Dah'ech dont il vantait l'intransigeance. Tous se réjouissaient des succès rencontrés par les islamistes radicaux en Irak et en Syrie dans une haine commune pour les chiites et le mépris pour les nusarrites. Hâj Kattabi ne prenait pas parti dans les discussions politiques vouant aux gémonies le Qatar qui après avoir été le principal sponsor des Frères musulmans, s'était rallié à la diplomatie de collaboration avec les occidentaux des émirats du golfe, terrorisés du golem islamistes qu'ils avaient nourri à coups de pétrodollars pendant des décennies.

22 - Prière al'dhour

La veille de sa première prière commune, Malik avait relu les passages du manuel d'instruction islamique remis par l'imam. Il savait que la salât, la prière, constitue le second des cinq piliers de l'Islam. L'al'dhour est la prière de l'après-midi. Selon les préceptes islamiques, son temps commence lorsque le soleil s'écarte du milieu du ciel vers le couchant. A Fresnes, la prière avait lieu à quinze heures quelque soit la saison.

La salle de prière de Fresnes, n'étant pas une vraie mosquée, elle ne disposait pas d'un mihrab, la niche encadrée de deux colonnes supportant une arcature qui indique la qibla, la direction de la Ka'aba de la Mecque. La qibla était indiquée par un repère sur le mur.

Les dix-neuf autres détenus musulmans du quartier d'isolement entrèrent calmement dans la salle. La plupart portaient des kamis couleur taupe ou sable, d'autres des jalabiyas bleu sombres, d'autres enfin des gandouras noires. Tous avaient couvert leurs têtes de taqiyahs blanches. Ils portaient la barbe longue, soigneusement peignée et les cheveux courts.

Chacun des fidèles étala un simple tapis de feutre, mis à disposition par l'imam, en direction de la Mecque.

L'imam conduisit la prière, enchaînant les quatre raka'ats, entamant chacun par la sourate Al-Fatiha, la première sourate du Coran composée de sept versets. Malik avait commencé à mémoriser cette sourate, celle qu'apprennent en premier les enfants dans les madrasas.

La prière se déroula sans encombre, Malik s'était mis un peu en retrait du groupe de prière pour que ses éventuelles hésitations lors des changements de posture, lors de l'inclinaison et des deux prosternations, ne soient pas trop remarquées.

La prière achevée, chacun des détenus regagna sa cellule individuelle sans adresser la parole à l'aumônier musulman. Malik fut le seul à rester un instant dans la salle de prière pour saluer ce dernier.

Malik avait senti sur ses épaules peser le regard des détenus islamistes.

Le lendemain matin, ils vinrent en groupe vers lui pour l'interroger

23 - Dans la fosse aux lions

Malik, qu'ils avaient ignoré jusque là, se retrouva entourée par le groupe de détenus islamistes lors de la promenade suivant la prière collective.

Fouad Bellamine conduisit l'interrogatoire :

- Benabdellah Ismaïl, c'est ça ? lui demanda-t-il en arabe avec une intonation algérienne.

- Oui, qu'est-ce que vous me voulez ? répondit Malik, feignant la crainte.

- Tu es incarcéré pourquoi ?

- Je suis là par erreur. J'ai fréquenté un français mort en combattant contre Assad en Syrie.

- Qui ? demanda abruptement Bellamine.

- Un certain David Drugeon, il a été tué par un drone américain en novembre dernier en Syrie.

- Il combattait dans quel groupe, ton Drugeon ?

- Sais pas. Si, les flics de la DGSI m'ont parlé d'un groupe Khorassan, d'al'Nosra, je ne sais plus trop. Je n'y comprends rien moi à la guerre en Syrie.

- On aura le temps de t'expliquer, répondit sans humour Bellamine. Pour l'instant, on va vérifier ton histoire de Drugeon. Ôtes-moi d'un doute, David, c'est pas un peu juif ? Et c'est un juif qui serait parti à Cham ?

- David ou Daoud, c'est la même chose, rétorqua Malik Bellamine, interloqué, se tourna vers Kattabi, le cheikh qui opina pour valider la réponse de Malik.

- Bon, on s'assurer de ton pedigree, le nouveau converti !

24 - Bellamine

Le lendemain, Malik fut tenu à l'écart mais, le surlendemain, Bellamine lui fit signe de s'approcher.

- Bon, ton histoire est crédible. Il y a bien eu un David Drugeon combattant au sein de Jabhat al Nosra en Syrie. Mais le groupe Khorassan, cela n'existe pas. C'est de la propagande américaine. C'est bizarre que toi qui dis n'y que tu n'y connais rien, tu nous parles d'un groupe fantôme inventé par la CIA !

- Je n'ai pas dit que je connaissais le groupe Khorassan, je t'ai dit que les flics m'avaient cité ce nom. Le drone qui a tué Grugeon, lui, il existait bien, crut le moucher Malik.

- Ouais, ouais, il existait bien ton drone, mais ne c'était pas un Predator américain comme l'a raconté la presse mais un missile Tomawak tiré par bateau, ce que tu sembles aussi ignorer, c'est que les ricains l'ont raté Grugeon. Il est blessé mais vivant, Grugeon. Donc on va pouvoir vérifier tes dires !

Malik réussit à conserver un air serein et même à dire :

- Bonnes nouvelles ! Et vous savez où il se trouve maintenant David, enfin Daoud ?

Bellamine fixa Malik d'un regard torve un long silence :

- Et si tu étais un mouton, tu crois qu'on te dirait où il se trouve Daoud Souleiman ? Il n'est plus à Alep, ça c'est sur. T'inquiètes pas, je sais comment le retrouver Daoud. Peut-être que tu ne lis pas les journaux. C'est lui qui a fait venir Mohamed Merah au Pakistan pour qu'il s'entraîne. Et comme j'étais le frère d'armes de Merah, la boucle va rapidement se boucler.

Malik fut surpris de la bravache sortie du djihadiste qui admettait sa complicité avec Merah mais l'autre savait que le témoignage d'un codétenu ne pèserait pas lourd et, par ses interrogatoires, de toute façon, la DGSI avait des preuves déjà nombreuses de sa culpabilité. Bellamine comprit néanmoins son imprudence et se tut, tournant un dos hostile à Malik il rejoignit le groupe qui observait leur conciliabule et dissuadait par sa présence tout éventuel intrus.

Malik qui avait étudié le dossier de David Drugeon, avant sa volontaire incarcération, connaissait l'histoire de la filière que la DCRI avait trop longtemps sous-évalué, parlant par dérision d'une 'Breiz connection'. La filière était animée par un sergent recruteur d'Al-Qaïda, Moez Garsallaoui, un tunisien qui avait épousé la veuve de l'un des assassins du commandant Massoud, le chef afghan opposé aux Talibans et tué le 9 septembre 2001. Garsalloui avait structuré les recrues en août 2011, au sein d'un groupe appelé Jund al-Khilafa (les Soldats du califat). Drugeon avait fait partie des premières recrues. Cette cellule compte une quinzaine de combattants, venus pour la plupart d'Asie centrale et d'Afrique du Nord. Drugeon, arabophone, passe beaucoup de temps avec les Maghrébins.

A la fin du mois de septembre 2011, Mohamed Merah avait rejoint le groupuscule et commis ses crimes en mars 2012 avant d'être exécuté par le Raid. Moez Garsallaoui était donné pour mort, frappé en octobre 2012 au Pakistan par un tir de drone américain. Drugeon, lui, avait survécu. Il avait rejoint la Syrie où il fut enrôlé dans le groupe Khorasan, entité de Jabhat al Nosra.

Malik était surtout surpris de ce Bellamine, supposé coupé de tout contact avec l'extérieur à part la visite hebdomadaire de son avocat, ait appris la 'résurrection' de Drugeon avant même qu'il ne le sut lui-même.

25 - L'oncle Paul

Le vendredi suivant, Malik reçut la visite de Morel qui se présentait au parloir sous la fausse identité d'avocat tant le souci d'incognito était fort.

Malik aborda d'emblée l'annonce faite par Bellamine et sa préoccupation pour sa sécurité :

- Tu es au courant pour la survie de Drugeon ? Bellamine me l'a annoncé mercredi !

- Oui, mais on ne l'a appris que mardi de la CIA. C'est sorti par une fuite organisée mercredi matin seulement. Comment Bellamine a pu l'apprendre presque avant le communiqué de CNN ? Il n'a pas la télévision et sont supposés ne pas avoir de téléphone. Son avocat le visite le jeudi habituellement. Il y a deux hypothèses : un informateur interne à la prison, un maton, cela m'étonnerait ou alors il le savait avant la CIA et il t'a lâché cette information pour te déstabiliser. De toute façon, ce n'est pas bon. Ne crois-tu pas que nous devrions révéler à la direction de l'administration pénitentiaire notre stratagème et t'exfiltrer le plus rapidement possible ?

- Non. Même si Grugeon est vivant, le contacter et recevoir sa réponse prendra quelques temps. Il est peut-être en trop mauvais état pour répondre à leur questionnement. Et des maghrébins, il en a fréquenté pas mal Grugeon à l'époque de son 'Islam des caves' à Vannes.

- Je crois quand même que tu devrais laisser tomber. C'est trop risqué. Il leur suffit d'échanger un mail et rien ne nous dit qu'ils n'ont pas trouvé le moyen de te prendre en photo avec un téléphone.

- Je n'ai encore rien appris d'utile. Je prends le risque de rester encore quelques semaines le temps de voir venir. En cas de danger immédiat, je simule une fausse tentative de suicide pour être placé à l'infirmerie et tu seras appelé par le surveillant; tu pourras alors lancer l'exfiltration.

- Comme tu veux. Je peux faire quelque chose pour toi ?

- Non, sauf me donner des nouvelles de ma famille et leur envoyer un message pour moi.

- Nous surveillons ta maison. C'est calme. Ton beau-père accompagne Caroline au jardin d'enfants et Omar à l'école. Il assure. Tiens mon téléphone, il y a un message vidéo pour toi.

Malik était convenu avec Madeleine, pour leur sécurité mutuelle, de ne communiquer que par des vidéos échangés par l'intermédiaire de Morel. Il visionna la vidéo de son épouse et de son fils. Madeleine dissimulait mal son inquiétude de savoir Malik en mission en un lieu pour elle inconnu. Omar lui racontait fièrement sa partie de foot et ses bonnes notes à l'école.

Malik enregistra une vidéo à son tour et rendit le téléphone à Morel.

« Je leur envoie la vidéo dès cette après-midi » promit Morel en rempochant son portable.

Omar avait sympathisé avec lui, expliqua Morel qui passait chaque dimanche voir Madeleine et les enfants pour prendre le café et lui donner des nouvelles de Malik.

« Il m'appelle oncle Paul. Tu sais comment sont les garçons, ils aiment s'identifier à un homme et tu lui manques. Son grand-père subit avec un entrain bien dissimulé des parties de football, lui qui déteste ce sport m'a-t-il avoué. C'est un gars bien ton beau-père. Tu ne m'avais pas dit qu'il avait fait été dans les paras pendant son service militaire. En tous cas, il est bien conservé pour son âge ! »

Malik réalisa que son beau-père était un quasi inconnu pour lui. Il ne l'avait connu que veuf, installé sur son île, cénobite de la communauté de quelques dizaines d'âmes qui résidaient à l'année à Bréhat. Inconnu, par discrétion, pas par hostilité, car il lui avait confié sans hésitation Madeleine à l'église qui était passé de son bras au sien en souriant. Madeleine avait voulu se marier à l'église. Malik étant un musulman 'laïque' avait accepté car pour Madeleine c'était l'expression de son vœu que cette union soit consacrée pour durer sa vie entière, du romantisme un peu fleur bleu mais surtout beaucoup d'amour pour lui.

Cette évocation de son mariage ancien de douze ans déjà, Omar était né dans la première année de leur union, de cette union sans nuages, rendit Malik songeur puis triste. Sa famille lui manquait. Puis il se fit la réflexion que si les barbus découvraient sa véritable identité, celle d'un kâfir, il risquait sa peau.

Pour ne pas céder à ce début de mélancolie, il demanda à Morel :

- Parles- moi de l'enquête. Vous avancez dehors ?

- Non. La DGST marocaine n'a pas de piste sérieuse sur les assassins de tes parents. On avait essayé de localiser Grugeon mais il bougeait tout le temps et aux dernières nouvelles il était en Syrie. Les américains ont mis un contrat sur sa tête car ils estiment que c'est un cadre et un artificier dangereux. Cela ne nous facilite pas la tâche. Pour tout te dire, Sham c'est un peu la pagaille en ce moment. Les américains choisissent des cibles sans nous consulter, les avions arabes de la coalition engagés en Syrie, les jordaniens, saoudiens font à peine de la figuration. Les israéliens en profitent pour régler quelques comptes avec le Hezbollah en bombardant en Syrie les livraisons d'armes russes ou iraniennes. L'aviation syrienne bombarde sans pudeurs ses populations. D'ici que Dah'ech qui a récupéré quelques avions syriens s'y mette aussi. Les iraniens bombardent en Irak mais les autorités irakiennes prétendent n'en rien savoir. Nous, les Français on porte l'essentiel de l'effort en Irak avec les danois, l'Australie, la Belgique, le Royaume-Uni, le Canada, le Danemark, et les Pays-Bas. Les américains gèrent le trafic aérien militaire de la coalition à partir des Awacs en prétendant que ce sont les irakiens qui sont en charge. Un vrai ball-trap ! Manquent plus que les turcs et on aura la totale. Je continue à interroger Gruson mais il ne lâche pas grand chose.

Malik, après un moment de réflexion, eut une idée :

- Et si tu faisais interner Gruson ici à Fresnes, au quartier d'isolement. La rencontre entre les anciens d'Al-Qaïda et les schismatiques de Dah'ech serait intéressante à observer. Les serpents vont se manger entre eux. Avec un peu de chances, il aura besoin d'alliés pour sa propre sécurité et pourrait se rapprocher de moi, on ne sait jamais. Cela pourrait enfin me donner des indices sur une éventuelle complicité des islamistes dans le massacre de mes parents car, pour le moment, je suis dans l'impasse. Ces gars sont dangereux mais ce sont des chevaux de retour de Ben Laden.

- Tu trouves pas que tu risques suffisamment ta peau avec Bellamine sur le dos pour ajouter le dernier membre vivant issu de la filière de Lille que tu as démantelé il y a quelques semaines seulement.

- Que nous avons démantelé tous les deux, Paul. De toutes façons, tant qu'à être dans la fosse aux lions autant qu'ils soient nombreux, cela, paradoxalement, réduit la menace immédiate sur moi.

- Bon, puisque tu veux vraiment jouer les 'Daniel dans la fosse aux lions', allons-y. Je demande au juge d'instruction de le faire transférer de Villepinte sur Fresnes. Je pense qu'il pourrait être là dés le début de la semaine prochaine.

- Je me fais une joie de faire sa connaissance ! blagua Malik qui ignorait que son identité avait été révélée à un complice de Gruson par Marie Seclin.

26 - Rivalités et controverses islamistes

Fresnes, espace vide, silencieux, oppressant dès l'extinction des feux devenait terriblement bruyant dans la journée avec les passages de la cantine, les extractions et réintégrations de détenus qui sont un bal bien réglé, administré à coups d'ordres hurlés par un gardien qui se tenait à une table au rez-de-chaussée de l'entrée de la division, servant à la fois de concierge et de tour de contrôle à la division. Les nouvelles sur les incidents avec les gardiens, les détenus mis au mitard, les entrants et les sortants importants, tout cela était connu en quelques heures, l'information véhiculée par les détenus servant les repas ou partagée lors des promenades.

L'arrivée de Gruson dans le quartier d'isolement de Fresnes ne passa donc pas inaperçue. Il était venu de la maison d'arrêt de Villepinte dans un cortège de un fourgon de gendarmerie encadrée par deux motards, précaution réservée aux prisonniers dont on pouvait craindre une tentative d'évasion.

La DGSI avait pris prétexte de la fin de la convalescence de Gruson à Villepinte pour le faire transférer à Fresnes. L'EMS 3 avait signalé ce nouveau détenu à la direction de l'établissement comme DPS et requis son incarcération dans le quartier d'isolement.

Gruson apparut dés le premier mardi de son arrivée dans la cour pour la promenade des détenus islamistes. Il se dirigea sans hésiter vers le groupe vêtu en tenues islamistes pieuses. Gruson arborait une sorte de shalwar kamiz afghan qui lui donnait un vague air militaire. Malik fut surpris que l'administration pénitentiaire l'ait autorisé à conserver cette tenue qu'il devait traîner depuis sa capture. En l'absence de proches ayant visité Gruson et lui ayant procuré d'autres vêtements, l'administration pénitentiaire aurait du lui proposer une tenue laissée par un ancien détenu.

Quoiqu'il en soit, le passé récent de combattant de Gruson lors du siège de Kobané, dans les rangs de Dah'ech et sa tenue de vétéran, inspirèrent de une admiration manifeste de la part de plusieurs jeunes détenus qui s'écartèrent du groupe pour venir le saluer. Ils l'interrogèrent sur ses combats en Syrie. Gruson répondit sans forfanterie, mêlant français et mots d'arabe syrien. Il se sentait encore faible et s'accroupit contre le mur, les autres faisaient cercle autour de lui, eux aussi assis sur leurs talons.

Malik observait le manège des jeunes types. La plupart étaient en attente de jugement, inculpés pour avoir organisé leur départ ou fait du prosélytisme islamiste sur internet. Ils venaient célébrer celui qui, lui, avait participé au vrai djihad, l'arme à ma main, celui qui méritait d'être appelé le mouhadjid. Pour eux, c'était un héros.

Bellamine restait à l'écart avec Hâj Kattabi et un groupe de zélotes d'Al-Qaïda, feignant de dédaigner cette agitation.

Hâj Kattabi se tenait un peu entre les deux groupes plongé dans son coran. Il refusait manifestement de prendre part à la rivalité qui s'installait entre Bellamine et Gruson.

Malik appelait les affiliés Al-Qaïda : 'canal historique', par référence au FNLC; ceux de Dah'ech, il les appelait 'Djihad 4.0', par référence à leur propagande sur internet. Malik blaguait in petto, cela lui permettait de décompresser la tension de sa propre situation.

Un des jeunes ayant présenté ses hommages à Gruson lui parla de Bellamine en le lui désignant du regard. Gruson jaugea l'autre et décida de ne pas faire allégeance. En Syrie, il avait expérimenté la concurrence entre les Dah'ech et Jabhat al'Nosra, concurrence qui allait parfois jusqu'à l'affrontement compte tenu des ennemis communes : armée syrienne loyaliste, armée nationale syrienne, kurdes, coalition conduite par les Etats-Unis. Il n'avait que faire des prétentions au leadership de ce moudjahid de banlieue !

Gruson participa à l'al Dhour. Les autres détenus musulmans remarquèrent qu'il n'hésita pas un instant dans les raka'ats, récitant la Basmala de mémoire. Venant d'un récent converti, cette ferveur lui valut du respect de la part des autres orants.

Le groupe de détenus islamistes avait jusqu'alors vécu dans une forme de tranquillité qui inquiétait plus les gardiens que l'agitation des détenus de droit commun. Le refus de l'autorité de Bellamine par Gruson rompit l'unité des barbus.

La crise entre les deux filières djihadistes, l'historique et la moderne, éclata lors du Ramadan sur la question de la manière de déterminer la date d'entrée dans le mois de ramadan. L'aumônier musulman Mohammed Lafdali suivant en cela l'avis du Conseil des institutions musulmanes de France avait choisi la date calculée par les calculs astronomiques alors que la tradition musulmane se fiait au consensus des imams basé sur l'observation humaine.

Gruson attaqua directement l'autorité de Bellamine et d'Abou Kattabi dit le Hâj sur un point religieux. Il jugea scandaleuse l'acceptation, l'année précédente, par les détenus de la date choisie par le Conseil Français du Culte Musulman, fondé sur le calcul astronomique et non l'observation visuelle du premier croissant lors de la nuit du doute, comme il est de tradition et imposée par le l'administration pénitentiaire pour le ramadan 2013. Le CFCM avait certes reculé devant la levée de bouclier des mosquées. La commission théologique de la Mosquée de Paris elle-même s'était opposée à son recteur Dalil Boubaker, Président du CFCM mais l'administration pénitentiaire avait 'un métro de regard' sur cette controverse et maintenu la date 'scientifique'.

La critique de Gruson fut rapportée à Bellamine et à Hâdj par un détenu qui hésitait entre les deux allégeances.

La critique en manque de rigueur musulmane venant d'un francaoui fraîchement converti irrita d'autant plus les deux leaders contestés qu'ils avaient en effet été très passifs. Les jeunes français convertis, ne connaissant du Coran que la vulgate diffusée sur les réseaux sociaux, découvrirent que Bellamine et Hâdj n'étaient pas infaillibles comme est supposé l'être le Pape.

Bellamine se concerta avec Hâdj et commit l'erreur de contre-attaquer sans avoir bien choisi le terrain de la bataille. Il décida de croiser le fer sur le terrain politique.

Bellamine aborda le surlendemain Gruson dans la cour pendant la promenade. Il vint au devant de lui, Hâdj dans son pas. Les autres détenus firent cercle autour des deux hommes, attentifs à la joute oratoire.

- As-salâmou alaykoum, je m'appelle Fouad Bellamine, je crois qu'on a besoin de se parler tous les deux.

- Alaykoum-salâm, pas de problèmes, que me veux-tu ? répondit sur un ton calme, surjouant l'indifférence, Gruson.

- Tu crois que parce que tu as passé quelques mois en pays de Sham, tu peux nous donner des leçons coraniques, toi qui es musulman depuis moins d'un an, à moi et à Hâdj qui a fait trois fois le pèlerinage ?

Gruson regarda les deux hommes un instant puis détournant le regard, il rétorqua avec mépris :

- Je ne crois rien, moi j'ai fait le hadj par le sabre, pas par la langue.

L'attaque était si directe et si vicieuse que certains des auditeurs frémirent.

Dans une vie antérieure, les deux hommes en seraient venus aux mains mais ils savaient tous deux que celui qui perdrait son sang-froid serait disqualifié dans cette controverse.

Bellamine tenta de réduire le prestige de moudjahid de Gruson.

- Dah'ech que tu as servi, sert plus les intérêts de Bachar el-Assad qu'ils ne l'atteignent, c'est connu, donc je serai un peu moins matamore si j'étais toi.

- Ah oui ? Et peux-tu nous expliquer en quoi Dah'ech sert Assad, toi le grand géostratège ?

Gruson cherchait à irriter Bellamine par son ironie de plus en plus insultante.

- Ayman al-Zawahri, notre chef, l'a dit clairement : l'Etat islamique en Irak avait été fondé sur la base d'une sédition entre frères mais à la suite de larges consultations avec les djihadistes et les tribus des communautés sunnites en Irak, un pays majoritairement chiite. En revanche, la proclamation de l'extension de son champ d'action à la Syrie sous la dénomination d'EIIL a été un désastre politique pour les Syriens qui, après avoir manifesté leur soutien à Al'Nosra à la suite de son inscription sur la liste américaine des groupes terroristes, ont dénoncé l'EIIL, dont l'avènement a été un cadeau présenté sur un plateau en or au régime du président Bachar el-Assad.

- Ayman al-Zawahri est peut-être ton chef, ce n'est pas le mien. Al-Qaeda qu'il dirige depuis la mort de Oussama Ben Laden, est un astre déclinant, l'avenir c'est à Dah'ech et son émir : Abu Bakr al-Baghdadi. C'est nous qui avons gagné les principales batailles. C'est vers nous que se rallient des milliers de combattants venus des pays arabes et aussi des pays occidentaux. C'est à Dah'ech que vont les allégeances toujours plus nombreuses des groupes islamistes du Maroc, d'Algérie, de Tunisie, de Lybie, du Nigéria, d'Egypte, du Pakistan, jusqu'en Chine !

- Abu Bakr al-Baghdadi est un traitre. Il a servi sous les ordres d'Abu Musab al-Zarqaoui, dont le groupement Tawhid wal Djihad avait été reconnu par Ben Laden comme le relais d'Al-Qaïda en Mésopotamie. Abu Musab al-Zarqaoui, 'le lion de Mésopotamie', a été abattu par une frappe américaine en juin 2006. Cela permit à Abu Bakr de prendre du galon jusqu'à poignarder dans le dos la résistance islamique en faisant scission unilatérale en se proclamant émir du soit disant Etat islamique en Irak et au Levant, Dah'ech. Vos excès ont conduit les américains à se réengager en Irak et à lever une armada d'occidentaux et de pays arabes pervertis.

- al-Zawahri est une vieille barbe. L'avenir du djihad est dans les mains de la nouvelle génération. Vous êtes jaloux, c'est tout.

La faiblesse de la répartie de Gruson encouragea Bellamine à consolider son avantage provisoire dans la controverse.

- Les américains ont libéré ton leader, Abu Bakr, de la prison de Buca en 2009 parce qu'il était un prisonnier modèle. Les services secrets d'Assad ont infiltré Dah'ech, ce n'est pas moi qui le dit, c'est le Conseil national syrien.

- Bravo ! Tu vas chercher tes soi-disant preuves chez ces mauvais musulmans du CNS. Cela montre bien que tu ne comprends rien à la situation réelle en Syrie. Si tu étais allé te battre avec de vrais armes contre de vrais soldats et non te contenter de procurer une mitraillette Uzi à Mohamed Merah pour tuer des enfants sans défense, tu pourrais peut-être jouer à l'expert. Quand à Assad, faut-il te rappeler que c'est grâce à lui qu'Abou Talha, membre dirigeant du Jabhat al'Nosra, a été libéré le 26 mars 2011 avec deux cents de ses camarades amnistiés par le tyran syrien.

- Abou Talha a été libéré comme des centaines d'autres qui ont rejoint aussi bien al'Nosra que l'Alliance islamique ou que Dah'ech ; donc tu es mal venu de nous reprocher d'avoir retourné nos armes contre celui qui nous avait libéré pour prendre prétexte pour écraser l'Armée de Libération Syrienne en la diabolisant dans l'opinion occidentale. C'est bien Dah'ech qui a réaliser le stratagème d'Assad : obliger les occidentaux à, de facto, apporter un appui militaire aux troupes d'Assad.

- Tu racontes n'importe quoi. Assad a déclaré dans Paris Match que son ennemi était Dah'ech !

- Pure propagande à usage des français naïfs. Selon Jane's, 6% des frappes menées en 2014 par les avions syriens ont touché des cibles de l'État islamique, tandis que 13% des attaques de Dah'ech se sont concentrées sur le régime de Damas. C'est Jane's qui le dit pas moi. Si tu veux une preuve de la compromission entre Dah'ech et Assad, la voila !

Les auditeurs de l'échange virulent entre les deux hommes étaient avertis de la complexité de la situation syrienne où les diverses oppositions au régime se ménageaient ou se combattaient, parfois successivement selon la situation militaire immédiate mais ils découvraient des arcanes nouvelles.

La confrontation sembla avoir tourné à l'avantage de Bellamine, constata Malik. Il connaissait le jeu de faux semblants des acteurs de la guerre à la fois civile et internationale en Syrie et en Irak. Les mensonges éhontés des puissances arabes qui avaient soutenu, soutenaient encore, en prétendant ne plus soutenir, les mouvements islamistes. La concurrence exacerbée entre groupes islamistes, mêlée d'ambitions personnelles, lui était familière mais la cristallisation de celle-ci au sein du groupe de fondamentalistes musulmans de Fresnes servait ses intérêts. Gruson sortait affaibli, presque marginalisé de ce duel oratoire et il aurait besoin d'alliés car Bellamine allait tenter de l'ostraciser. Le stratagème de Malik était de feindre de se laisser recruter par Gruson pour espérer le faire parler.

27 - Ralliement

Quelques jeunes firent allégeance à Gruson mais la grande majorité des détenus resserra les rangs autour de Bellamine. L'échec de la prise de Kobané et d'autres revers cassèrent l'image d'invincibilité de Dah'ech. Al'Nosra revendiquait la prise Wadi al-Deif et Hamidiyé, deux bases de la province d'Idleb qui étaient assiégées par les rebelles depuis deux ans. Après en avoir chassé les rebelles modérés soutenus par les Occidentaux., Al'Nosra confortait son contrôle dans cette zone et préparait l'attaque d'Idleb, chef-lieu de la province et dernière ville de la région encore aux mains du régime du président Bachar el-Assad.

Malik laissa Gruson venir à lui. Celui-ci se renseigna auprès de Moussa sur le profil de ce type qui semblait une pièce rapportée dans leur groupe. Un petit délinquant de vingt ans qui vendait du shit dans les cages d'escalier de la résidence HLM Valophis de la rue Léon Blum à L'Haÿ-les-Roses, dans le 94, jusqu'à s'embringuer dans un groupe préparant son Hijrah vers le Mali, et qui s'était embarqué dans cette dérive comme on joue aux cowboys et aux indiens de manière si manifestement immature que les autres détenus le surnommaient par dérision « le petit Moussa », le renseigna sur le pseudo Ismaïl Benabdellah.

Moussa vint, en émissaire, annoncer à Malik que Gruson souhaitait lui parler. Malik observait avec malice le jeu complexe des échanges entre les caïds qui avaient chacun leurs estafettes. Il rejoignit le petit groupe de d'affidés à Dah'ech.

- Il parait que tu es là par erreur ? lança Gruson pour déstabiliser Malik.

- Oui, pourquoi ? Tu peux me faire sortir ? répondit insolemment Malik.

- Bon, tu as des couilles, c'est déjà ça. Mais puisque tu es là, qu'est-ce que tu penses de notre petit débat sur la situation en Syrie ?

- Moi, je n'en pense rien. Je pense seulement qu'il vaut mieux aller tuer des soldats d'Assad et des soldats israéliens que des gosses juifs sans défense.

- Donc, on est fait pour s'entendre tous les deux !

Malik établit la confiance entre lui et Gruson en ne se jetant pas à sa tête. Il sembla se faire recruter avec réticence, hésitation, sans enthousiasme.

Gruson lui raconta les exploits de Dah'ech comme une geste. Les séides d'Abou Bakr al-Baghdadi, dans ses récits, étaient des preux luttant contre les méchants alaouites. Simplification et emphase grandiloquente. Sa narration de la vie de l'émir Abou Bakr al-Baghdadi était pure hagiographie. Les crimes de Dah'ech étaient légitimés par les crimes d'Assad. La comptabilité morbide des exactions de chaque camp aboutissait toujours au crédit des moudjahidin. Les pires crimes commis par eux étaient revendiqués comme de justes châtiments et promesse de paradis pour ceux morts au combat.

Le français converti se laissait emporter par son propre récit. Il revivait les batailles au corps-à-corps dans les faubourgs dévastés de Kobané, l'odeur de ciment des murs écroulés, la puanteur des cadavres, les remugles de pisse et de sang qui poissaient l'air des combats, l'âcreté de la poudre respirée, son corps tressaillant sous les rafales de la kalachnikov, la sueur et la peur des jeunes français, tunisiens et marocains de l'escouade des francophones.

Un mélange délirant d'Assassin Creed et d'Islam moyenâgeux, d'Apocalypse Now salafiste, de millénarisme religieux archaïque et de propagande internet 4.0

Malik laissa Gruson s'enivrer de ses propres paroles, ne l'interrompant que pour poser de naïves questions pour permettre au jeune fanatique d'exalter le florilège de ses exploits sanglants. Il lui fit raconter comment il remorquait les corps décapités à la décharge publique, comment il publiait des selfies sur fond de têtes décapitées empalées sur les grilles des jardins publics comme les têtes des ci-devant pendant la révolution française brandies sur les piques des sans-culottes.

Pendant la prière commune, Gruson se tenait avec ses cinq affidés à quelques mètres du taxon benladien. L'aumônier musulman dirigeait la prière sentant peser sur son dos l'animosité des deux groupes d'hommes.

Quelques jours d'autoglorification mirent Gruson totalement en confiance. L'hostilité initiale de Bellamine pour Malik lui servit, sinon de caution, du moins de prétexte pour afficher la capacité d'attraction de Dah'ech. Malik lança sa perche au détour d'une discussion sur le grand nombre de français ayant rejoint les rangs de Dah'ech ou souhaitant le faire.

- Tu l'expliques comment toi, Gruson, la plus grande attractivité de Dah'ech que celle d'al'Nosra ou de l'Alliance islamique sur les français ? demanda Malik.

- Notre mouvement est jeune. Son chef est charismatique. Nous sommes les plus intransigeants, les plus purs. Notre application de la charia est rigoureuse. Nous gagnons des batailles. Voila pourquoi.

- Ne crois-tu pas que cela soit largement le résultat d'une hyper médiatisation de Dah'ech. La propagande des autres mouvements est 'has been' par rapport à la votre.

- Oui, c'est vrai que nous utilisons l'internet financé par les multinationales américaines pour asservir économiquement et culturellement le monde, comme un cheval de Troie pour semer le grain du djihad. Mais c'est l'Occident qui est son propre fossoyeur. Le soutien aveugle et coupable à l'Etat sioniste des occidentaux, la trahison du véritable islam par l'Arabie saoudite et ses satellites, voila la raison de la colère arabe.

- Oui mais il faut quand même organiser des filières pour permettre aux candidats au départ de rejoindre la Syrie.

- La plus grosse filière djihadiste, c'est François Hollande, asséna Gruson à la stupéfaction de Malik. Ce Tartarin, ce va-t-en-guerre, ce laquais des américains est notre agence de voyage, ironisa Gruson

Malik sourit complaisamment puis questionna :

- Et toi, tu es parti comment en Syrie ?

- Moi ? Je faisais partie d'un groupe de jeunes types motivés. On habitait Marcq-en-Barœul, Lille, bref dans le Nord. On s'était connu au lycée ou trouvé sur les forums Facebook. Je suis parti avec un pote. Je peux bien te le dire, il a été tué à Kobané en décembre, quelques semaines avant que je ne prenne un mur sur la tête, sois laissé pour mort par les autres combattants et récupéré malheureusement par ces salopards du YPG et remis à la DGSI.

- C'est quoi le YPG ?

- Les kurdes syriens. Ils se battent contre tout le monde : les syriens, les turcs, les irakiens, les iraniens. Ce sont des dingues. Même les femmes se battent chez eux. Certains de nos combattants avaient peur de se faire tuer par une de ces amazones. Ils pensaient que cela compromettrait la récompense de leur martyr.

- Et tu sais ce qu'ils sont devenus les autres membres de ton groupe lillois ?

- Ils se sont fait piéger par un flic de la DGSI qui enquêtait sur une vidéo d'une salope que l'on avait punie. Ils se sont fait descendre, répondit laconiquement Gruson.

- Tous ? Aucun n'a réussi à échapper aux flics ?

Gruson ne répondit pas. Il fixa Malik longuement, rendu soupçonneux par son insistant intérêt pour la filière.

Malik afficha un regard clair ne détournant pas les yeux.

- Tous ? Non. Il reste un membre dans la nature, mais j'ai perdu le lien avec lui quand j'étais en Syrie car il s'est mis en plongée profonde après la descente de la DGSI.

Gruson s'interrompit, mal à l'aise, et interpella tout de go Malik :

- Tu ne serais quand même pas un mouton en train de me tirer les vers du nez, j'espère ?

Malik affecta la surprise puis l'indignation, bluffant :

- Si tu crois que je suis un rat, c'est tant pis pour toi. Les autres aussi sont méfiants. Comme ça, vous pourrez partager vos informations sur moi. Ce que je trouve con, c'est qu'au lieu de perdre ton temps avec moi, tu n'essaies pas de retrouver le flic qui s'est fait tes copains et lui faire payer la monnaie de sa pièce s'il reste des gars de votre cellule en liberté. Si ça se trouve, c'est le même qui conduit tes interrogatoires.

- Morel, cela m'étonnerait. Non, si tu veux tout savoir, on a fait notre enquête nous aussi. C'est un jeune flic, un rebeu même mais on n'a pas encore son nom mais cela ne saurait tarder. Je ne t'en dirai pas plus.

- Moi, je m'en fous ; c'est pas mes potes qui se sont fait buter.

La sonnerie de la fin de la promenade permit à Malik de sortir de cette dangereuse conversation. Il avait appris que Dah'ech n'était pour rien dans l'assassinat de ses parents mais que sa propre sécurité restait menacée, ici et au-dehors de la prison.

Dés la prochaine visite de Morel, le jeudi suivant, il faudrait qu'il organise son élargissement rapide.

L'histoire devait malheureusement s'accélérer pour lui.

28 – Détronché

Jens Peeters alias Belkacem al Brussel, le cinquième homme de la cellule lilloise, celui qui avait appris l'identité de Malik Benamar de la part de Marie Seclin, se demanda comment récupérer une photographie du policier.

Jens Peeters était un franco-belge. Son père était bruxellois, sa mère lilloise. Il avait fait ses études avec Gruson et Florent Lomme.

A priori, cela semblait impossible. Il n'avait aucun agent infiltré dans la DGSI et les locaux étaient trop bien surveillés pour qu'il puisse tenter de se mettre en planque et prendre des photos des agents entrant et sortant des locaux de Levallois-Perret.

Il rechercha tous les Benamar habitant Paris dans l'annuaire. Il en trouva cinquante-cinq dont certains sépharades à en juger par les prénoms. Il ne trouva pas de Malik Benamar et résolut d'appeler tous les Benamar non juifs de l'annuaire en se faisant prendre pour un vendeur d'abonnements internet câblés. Il fit chou blanc, aucun Malik et aucun parent. Le plus probable était que les parents maghrébins étaient repartis vieillir au bled ou n'habitaient pas Paris et que le flic était sur liste rouge.

Peteers eut alors l'idée de rechercher sur internet tous les informations relatives à l'Ecole nationale supérieure de la police pour les années 2000 à 2005, date probable de sortie de l'école du Lieutenant Malik Benamar. Il retrouva des photographies de promotions mais dans des cadrages ne permettant pas de voir tous les élèves. Il se souvint alors que certains élèves défilaient lors du 14 juillet. L'INA offrait les archives de tous les défilés et il passa de nombreuses heures à visionner ces archives. La chance lui sourit, sur des images des défilé du 14 juillet 2002 et 2003, apparaissaient en gros plan les visages de quelques jeunes lieutenants dont certains semblaient typés maghrébins. On les avait fait défiler avec les femmes pour vanter le souci de diversité probablement, pensa-t-il. Il fit des zooms et des copies d'écran de certains visages. Puis muni de ce jeu de photos, il revint surprendre Marie Seclin à la sortie du lycée et lui présenta les photos. Marie crut reconnaître Malik sur l'une des photos malgré la casquette et la mauvaise qualité de l'image.

Très fier de sa recherche, Jens Peeters prit le risque de demander à visiter Gruson dans sa cellule. N'ayant aucun casier et certain que la DGSI ne l'avait pas repéré, il se fit faire des faux papiers au nom de Paul Martin, un nom si banal qu'il en semblait faux et se présenta à Fresnes pour la visite. Sur les fonds de soutien aux imams radicaux qui transitaient par des associations d'entraide islamique financés de riches donateurs du Qatar, d'Arabie saoudite ou du Koweït, la cellule marcquoise avait constitué un petit trésor de guerre caché dans un coffre à bagage de Lille Europe. Peters était le trésorier du groupe et il lui fut aisé de trouver une officine prête à faire des faux papiers pour quelques centaines d'euros.

Gruson ne connaissait pas de Paul Martin mais il eut l'intuition que ce devait être un nom d'emprunt donc il accepta de se rendre au parloir.

Il reconnut immédiatement Peters mais feignit l'indifférence car l'accueil du parloir était surveillé par des caméras. Il attendit d'être dans un cubiculum pour parler. Il savait que l'administration pénale s'interdisait d'écouter les conversations privées au sein des espaces d'entretien car il s'agissait souvent d'échanges avec les avocats couverts par le secret professionnel.

- Tu n'aurais pas du venir, reprocha Gruson à Peteers, mais je suis content de te voir

- Moi aussi. Alors tu as survécu tel Lazare !

- Oui, j'ai eu de la chance, ceci dit ils vont m'en coller pour dix ans au minimum.

- On te vengera. D'ailleurs j'y travaille. J'ai identifié le flic qui a fait le coup de filet sur notre groupe. C'est un certain Malik Benamar.

- Super ! Mais qu'est-ce que tu vas faire de cette information ?

- Le retrouver et lui faire la peau, voila ce que je vais faire.

- Tu as son adresse ?

- Non, mais je sais à quoi il ressemble. Tu veux voir sa salle gueule ?

- Montre toujours.

Peters fit passer la photo cachée dans un numéro de Paris Match affichant la naissance des héritiers Grimaldi.

Gruson ouvrit le magazine et découvrit la photo.

- Putain ! Ce type est enfermé ici avec moi, au quartier d'isolement. Il se fait passer pour un ex copain de Grugeon, le gars de Khorassan que les américains ont raté. Ce salopard m'a bien baladé.

Peters fut stupéfait de cette nouvelle.

- Mais je vais lui faire payer à cet enculé, ce sal flic. Inutile que tu le cherches, il est à moi ! C'est un homme mort !

Peters reparti, Gruson passa la journée à se demander quand et comment tuer Malik. Son souci n'était pas de le faire incognito mais de ne pas le manquer.

29 - Les douches

Gruson passa le reste de la journée et une nuit entière à imaginer le moment et le moyen de tuer Malik.

Il fallait que la première tentative soit la bonne car s'il le ratait, le flic se ferait exfiltrer en urgence par la DGSI et ils ne retrouveraient jamais une aussi favorable circonstance pour lui régler son compte. Là, dans la prison, il était à sa merci, sans méfiance, non, méfiant, mais sans protection. Ce n'était pas les autres détenus islamiques qui viendraient à sa rescousse. Bien sûr, mettre les autres détenus, les tenants d'Al-Qaïda, dans le coup aurait renforcé les chances de succès mais il lui aurait fallu avouer sa naïveté alors même que Malik était mis à l'index par les autres. Et puis rien ne garantissait qu'il n'y ait pas d'autres taupes en leur sein. Non, mieux valait régler cela seul, raisonna Gruson. Il n'aurait aucune explication à donner, s'il se débrouillait bien, il pourrait même ne pas être identifié comme le meurtrier.

Il fallait aller vite car le gars pouvait quitter le quartier d'isolement d'un jour à l'autre. Il n'allait pas s'éterniser car les autres détenus pouvaient le débusquer dés qu'ils auraient pu joindre Grugeon en Syrie.

Oui, mais tuer des types que l'on apercevait à quelques centaines de mètres d'une rafale de kalachnikov, il savait le faire, Gruson. Egorger un prisonnier entravé comme le mouton du Aïd al-Kabîr, ça il l'avait vu faire en Syrie mais ici, sous la surveillance constante des matons, sous les yeux électroniques des caméras, à mains nus, comment le tuer.

Les cellules étaient fouillées, aucun objet de métal n'était laissé entre leurs mains, les musulmans se laissaient pousser la barbe donc ils n'avaient pas de rasoirs. En cantiner un alerterait à coup sûr les gardiens.

Gruson était costaud, mais affaibli par sa convalescence, et le soi-disant Ismaïl Benabdellah n'était pas chétif. Comment faire ?

Le seul endroit où les détenus avaient un peu d'intimité était les douches. Leur cellule également mais il leur était impossible de se visiter les uns les autres. Les promenades et la prière était le seul moment où ils étaient ensemble. La douche restait le seul endroit où il pourrait frapper.

L'assommer à mains nus ou lui casser le cou d'une frappe de karaté, c'était pour Gruson du cinéma, pas réaliste. La seule option était de l'étrangler. De l'étrangler avec une serviette nouée en corde autour du cou et de serrer de toute sa force. En moins de cinq minutes, il pouvait l'avoir étouffé et finir sa douche. En récupérant sa serviette et en l'échangeant contre une autre pendue sur les patères à l'entrée des douches. Comme cela, les soupçons se porteraient sur un autre détenu car ces foutus flics étaient capables de déceler des traces d'ADN de la victime sur la serviette.

Gruson résolut de faire le 'coup du père François' à Ismaïl. Cette strangulation par derrière de demandait pas une très grande force et elle était réputée régler son compte à la victime en quelques minutes. Il lui suffirait de se glisser derrière l'autre pendant qu'il prenait sa douche, de lui mettre la serviette nouée en écharpe autour du coup et de le mettre en extension dos-à-dos jusqu'à sa mort par étranglement. Gruson examina les autres procédés de strangulation, et décida que celui-ci était le plus fiable, ne permettant aucune prise de défense de la victime.

Les détenus avaient droit à une douche hebdomadaire, normalement le vendredi matin. Les islamistes du quartier des isolés avaient obtenu que leur douche soit déplacée au jeudi parce que veille de jour de prière. Cette concession du directeur avait fait jaser les autres détenus musulmans car tout se sait dans une prison mais le directeur l'avait justifié par la réduction encore accrue des contacts entre les DPS et le reste des prisonniers.

Les islamistes procédaient à leurs douches dans le plus grand calme et une pudeur qui faisait marrer les surveillants habitués à l'exhibitionnisme de détenus se baladant à poil sous les douches en s'apostrophant. Ceux-là, les barbus, étaient tellement obsédés par l'homophobie, qu'ils se baignaient chastement comme Suzanne. Les gardiens se contentaient donc de les compter à l'entrée et à la sortie des douches.

Gruson, jouant toujours à la camaraderie avec Malik, prit la cabine de douche voisine de la sienne. Les détenus laissaient leurs vêtements sur une patère individuelle à l'entrée des cabines.

Gruson attendit que tous les hommes aient commencé à se laver pour passer la tête en dehors de sa douche. Aucun surveillant présent à l'entrée de la salle d'eau. Le bruit des ablutions couvrit ses pas. Il saisit sa serviette qu'il encorda par une rapide torsion des poignets. Le lien noué autour de ses poings, il se glissa dans la cabine de Malik. Le policier, aveuglé par le champoing qui lui coulait du crâne sur le visage, n'entendit pas la survenue de Gruson dans la cataracte de la douche. Il se sentit dans un même mouvement étranglé et soulevé en arrière. Par réflexe, ses mains tentèrent de saisir la corde qui l'étranglait mais ses mains ne pouvaient rien saisir, ses jambes battaient dans le vide, un voile noir obscurcissait déjà sa vue, il suffoquait, les poumons vides et oppressés à la fois, sa bouche bayait comme celle d'un poisson sorti de l'eau, l'image du bar sorti du filet quelques semaines auparavant à Bréhat lui traversa curieusement l'esprit, le bar asphyxié et saisi par la rigueur cadavérique, il sentait un dos qui le tordait en arrière, qui le levait comme un sac que l'on s'apprête à jeter par dessus l'épaule, c'était un dos d'homme, celui de Gruson, il le savait, comment avait-il découvert sa véritable identité, ses bras tentaient de saisir quelque chose dans la cabine pour prendre appui, mais ses doigts n'attrapaient que la surface lisse et glissante des parois, les robinets étaient hors de sa portée et la poire de douche trop haut, son cerveau en hypoxémie se ralentissait, il le sentait, il avait de plus en plus de mal pour réfléchir, ses souvenirs d'entraînement d'Aïkido, il les invoqua mais aucune technique de répondait à une saisie aussi traîtresse que celle du père François, il pensa au cours de krav-maga qu'il avait suivi quelques mois avant avec un instructeur du GIGN, frapper l'adversaire aux points faibles, il tenta de se saisir des testicules de son agresseur mais ses bras en extension l'en empêchaient, il sentait ses forces l'abandonner et la syncope proche sous la strangulation, il lança alors ses deux pieds joints contre la paroi de la douche, projetant Gruson la face en avant sur le mur opposé, portant sa victime sur le dos de des deux mains, il ne put se protéger le visage et s'écrasa violemment le nez qui se brisa, sous la douleur, Gruson relâcha sa prise, pendant la lutte, son corps s'était mouillé comme celui de Malik et rendu glissant par le shampoing, le corps de sa victime tomba de son dos comme un fardeau mal arrimé, Malik saisit glissa alors sa jambe gauche entre les jambes de son agresseur et faucha sa jambe gauche, incapable de se retenir, Gruson tomba de tout son poids contre la paroi de la douche, l'arrière de son crâne frappant les robinets, il s'assomma à moitié, se libérant d'un mouvement de la nuque, Malik lui porta plusieurs coups violents sur le visage qu'il tenta de parer de ses deux mains noués dans la serviette, les coups cessèrent et il se retrouva, affaissé dans la cuvette de la douche, l'eau rosir par le sang qui lui coulait de la bouche, tournoyait dans la bonde, c'était fini, il avait raté son coup, l'autre s'était enfui.

Le gardien qui attendait à l'entrée des douches vit surgir Malik nu.

« On vient de tenter de m'assassiner ! » cria le détenu au maton.

Le surveillant saisit son sifflet lançant un appel à des renforts puis ayant ordonné à Malik de ne pas bouger, il se saisit de son talkie-walkie et fit un rapide rapport sur l'incident. Trois autres gardiens se précipitèrent dans la minute tandis que leurs collègues verrouillaient l'accès à l'étage des douches.

Alertés par le coup de sifflet strident, les détenus sortirent des douches, ruisselants, la serviette nouée autour des reins. Gruson resta prostré sous la pluie de la douche.

Gruson fut mis au mitard tandis que Malik demandait à être transféré à l'infirmerie pour éviter de se retrouver à l'étage des DPS. Il craignait que ses codétenus, fassent de leurs soupçons des convictions, et tentent de venger Gruson d'une agression dont rien ne disait que Malik en ait été la victime plus que l'agresseur et si victime, cela dénonçait son infiltration comme taupe car Gruson était lui un djihadiste avéré.

Morel alerté vint en urgence à Fresnes où il demanda à être reçu par le Directeur de la prison en présentant sa carte de service de la DGSI. Vincent d'Aniello, le directeur fut stupéfait, puis furieux, d'apprendre que la DGSI avait monté ce stratagème sans même lui en parler. Il manifesta sa mauvaise humeur en ne se satisfaisant pas à l'ordre de relaxe du juge d'instruction attachée à la DGSI prétextant devoir attendre des instructions de la centrale. Il fit une note venimeuse au bureau EMS 3 mais ne l'envoya qu'à dix-sept heures, tablant sur l'absence de réponse avant le lendemain, au mieux. EMS 3 escalada la note au Directeur de la DAP qui escalada au cabinet de la ministre pour manifester sa « contrariété devant les procédés audacieux et surtout irréguliers employés par la DGSI pour conduire des investigations par des agents infiltrés hors la connaissance même des services de la DAP ». Le cabinet Justice s'émut auprès du cabinet Intérieur qui bombarda le directeur de la DGSI d'une note de griefs qui finit sur le portable de Morel qui attendait le lendemain matin la notification de l'heure de levée d'écrous pour aller chercher Malik. Il eut envie de répondre aux bureaucrates que son adjoint avait risqué sa peau pendant qu'ils perdaient leur temps à faire des notes 'parapluie' comme il appelait ces échanges où chacun passait la patate chaude de peur de se brûler les mains.

Malik sortit donc de Fresnes le lendemain seulement et comme il n'était pas souffrant mais qu'il refusait de réintégrer sa cellule, conformément au règlement, il fut mis au mitard pour sa dernière nuit de prison, se sachant plus en sécurité là que dans le quartier des DSP.
Morel attendait Malik devant la porte de la prison dans une voiture de service.

- Bien venu, de retour de Midnight express ! lança-t-il à Malik pour blaguer.

- C'est quoi cette caisse ? Ne me dis pas que tu as acheté une bagnole de flic, rétorqua Malik. Alors, monsieur le cinéphile, c'est dans quel film cette réplique ?
- Blue brothers, mon pote, répondit en rigolant Morel et tous deux partirent en riant sous le regard un peu colère des gardiens qui avaient appris l'entourloupe des gars de la DGSI.

30 - Heureux qui comme Ulysse…

Morel déposa Malik à sa porte.

- Tu ne montes pas prendre un café ? lui demanda Malik, par politesse et puis, sans se l'avouer, pour retarder le moment de son tête-à-tête avec Madeleine.

- Non merci. Tu embrasseras Omar pour moi. Je pense qu'il sera content de t avoir pour lui tout seul.

La réponse de Morel troubla Malik. Il n'évoquait pas Madeleine. Par pudeur, par prudence ? Conscient d'une gêne possible entre eux trois ? Non, entre elle et son mari. La blague éculée selon laquelle les flics comprennent qu'ils sont partis trop longtemps en mission, c'est quand leur chien les mord a leur retour, ne les reconnaissant pas lui vint à l'esprit. Il grimaça. Ce n'était pas drôle.

Morel, qui l'observait, attendant qu'il descende de la voiture, lui demanda :

- Ça va ? Tu es tout pâle.

- Non, non, ça va aller. Juste un coup de bambou. De retour des Enfers, je vais retrouver mon Eurydice, plaisanta faiblement, à contretemps, Malik.

« Orphée, je suis bien plutôt Ulysse, se corrigea Malik en montant les escaliers. Ici, aucun soupirant à trucider mais Ulysse avait également retardé son retour » hésitant à aller se confronter au reproche muet de Madeleine sur son oublieuse absence.

A sa surprise et déception, ce fut son beau-père qui lui ouvrit. « Madeleine est sortie faire une course avec Omar, elle ne va pas tarder » répondit Antoine Martin à l'interrogation muette de Malik.

Des jours et des nuits durant, Malik avait imaginé, entendu, fantasmé, le son des pas d'Omar se précipitant à son arrivée. La frustration l'atteignit comme un coup au plexus. Il entra, comme un étranger, dans sa propre maison, posa son baluchon contenant les quelques effets, avec lesquels il était entré puis ressorti de prison, et fut tente de ressortir, d'aller se cacher de sa propre peine, en rejoignant son bureau, mais il lui faudrait affronter le reproche silencieux de Morel et puis comment tourner les talons sous le regard inquisiteur du grand-père ?
S'excusant, prétextant une grande fatigue, il alla dans la chambre conjugale, se doucha pour la seconde fois de la matinée, jeta les vêtements portés en prison dans la

panière de linge sale puis se glissa, nu, frileusement dans les draps. Les draps sentaient l'odeur de Madeleine, sa sueur de blonde cuivrée, légèrement poivrée, et puis aussi le parfum de la crème dont elle massait les mains de Malik avant de dormir, dans un geste mi médical, mi érotique. Il tomba d une masse dans l'obscurité du sommeil.

Malik rêva. Il marchait dans le dédale d'une ville bombardée. Des devantures éventrées gardaient des lambeaux de frontons écrits en écriture kufi nota Malik réalisant qu'il se trouvait sur un champ de ruines. Il s'agissait de Kobané, la ville syrienne défendue par les kurdes de l'IPG contre les hordes barbares de Dah'ech. La ville ressemblait à ces images exposées sur le site d'al Furqan, vidéos triomphalistes revendiquant une victoire annoncée mais Kobané était le Stalingrad des milices d'Abu Bakr al Baghdadi. Comme par l'activation de la touche son de la vidéo, le fracas d'armes automatiques emplit l'espace, faisant écho sur les murs d'une mosquée plastiquée par les islamistes ou frappée d un missile air sol, qui saura jamais, des combattants portant le turban kurde, des bandoulières de balles entrecroisées sur la poitrine, courraient, la kalachnikov à la main maintenant, arrachant d'un pan de mur, l'étendard noir de Dah'ech, celui marqué de la chahada et du sceau de Mahomet. Malik se fit la réflexion, étrangement lucide et distancié, qu'il ne pouvait pas se retrouver pris dans les combats de rue alors qu'il était couché dans son lit, à paris, dans le 20e arrondissement. Il se chercha pourtant sur la scène de combat et réalisa que c'était lui que les peshmergas poursuivaient. Il leur cria qu'il n'était pas un djihadiste mais un agent de la DGSI mais ses poursuivants ne semblaient pas comprendre son parler marocain. C'était absurde, il allait se faire tuer parce qu'il ne parlait pas le dialecte syrien ! Il aperçut un gamin habillé en tenue de camouflage, avec un bonnet noir, comme les égorgeurs de Dah'ech brandir une kalachnikov factice. La vague ressemblance du gosse avec Omar scandalisa Malik qui, désespéré, cessa de fuir ses assaillants, s'abandonnant a la mort. Il se sentit secoué et finit par ouvrir péniblement les yeux. Son fils, Omar, cessa de le remuer en lui disant, d'un ton de reproche : « On est rentrés ! Il est midi. Tu viens déjeuner ? »

Le visage sévère de Madeleine apparut dans l'entrebâillement de la porte : « Omar, laisse dormir ton père ! Il se repose de sa mission ». Malik croisa son regard avec celui de madeleine qui ne lui sourit pas, la mine préoccupée. Omar sortit à regret de la pièce. Madeleine était déjà repartie sans même lui donner un baiser d'accueil, prenant prétexte de respecter sa sieste.
Malik était triste; il en voulut aux islamistes d'avoir semé le désarroi dans son couple. C'était idiot de réduire la guerre à cette déroute familiale, se reprocha-t-il, mais son cauchemar l'avait épuisé et il se rendormit.

31 - Une entreprise au-dessus de tous soupçons

Malik ne prit pas les jours de repos recommandés par Morel mais reprit le chemin des bureaux de la DGSI dès le lendemain, prétextant un 'retard dans les dossiers' qui ne trompa pas Madeleine.

Il dépouillait la note de synthèse des nouvelles du jour depuis une heure quand Morel entra dans son bureau.

- Tu es là ? se surprit Morel

- Oui, je tourne en rond à la maison…

Morel, ne commentant pas, par discrétion, la réponse, détourna la conversation : « Sur ton affaire, on a peut être une piste mais je te préviens, c'est du tordu et de l'hyper politique ! »

Malik jugea ce cocktail sémantique bizarre mais il avait besoin de s'occuper l'esprit pour ne plus ruminer et apprécia la gentillesse de Morel.

- Dis toujours. D'où je viens, un peu de complications politiciennes ne me fera que du bien.

- Bon. Goringer, ça te dit quelque chose ?

- Non.

- C'est ce que je pensais. Tu es tombé trop récemment dans la marmite barbouze. Jean-Louis Goringer fut dans les années 2000-2005 le héros d'un montage, aussi compliqué qu'un mouvement dans une finale de championnat du monde d'échecs, visant à faire tomber un Premier ministre en paraissant viser un candidat à la présidence de la République. Du billard à trois bandes si tu préfères cette analogie. Goringer, le conspirateur, était directeur de la stratégie du groupe Lagardère. Un esprit brillantissime mais paranoïaque et, selon certains, dans les mains des faucons de la Rand corporation, cette sorte de loge P12 du complexe militaro-politique américain. Le genre de type qui passait ses jours et ses nuits à instrumentaliser dirigeants du Cac 40, futurs et anciens ministres, les uns contre les autres, une sorte d'abbé Dubois attaché par une dévotion absolue à son mentor Jean-Lucien Fourcade, dévotion qui le conduisit à imaginer un assassinat par les services secrets russes après sa mort d'une maladie foudroyante. Inutile de te préciser que le type est surdiplômé, Normalien, X, Ena, un Qi exceptionnel mais des démons personnels. Condamné définitivement, en 2013, à six mois fermes pour dénonciation calomnieuse, usage de faux, recel d'abus de confiance et vol. Bref, c'est cet homme qui prétend détenir une preuve de l'implication du Qatar dans l'assassinat de tes parents. Es-tu prêt à le rencontrer ?

- Diable, je vais devoir prendre une longue cuillère, comme écrit Shakespeare dans la Comédie des Méprises. Mais comment est-il informé pour l'assassinat de mes parents ?

- Il a beau avoir été traîné dans la boue par ceux qu'il avait humilié de sa morgue au temps de sa splendeur, le bonhomme garde des appuis ici même au sein de la DGSI. Il y a des clans, des factions, des fidélités qui dépassent les alternances politiques et les aléas de la vie professionnelle et pénale. Goringer conserve des taupes chez nous. Tu apprendras avec le temps à détecter les solidarités occultes. Les agents des services secrets passent pas mal de temps à conspirer les uns contre les autres. Il y a quelque chose de pourri au royaume du renseignement pour paraphraser ton Shakespeare.

- Fine ! Quand puis-je rencontrer cet agent d'influence et de désinformation ? demanda gaillardement Malik.

- Tiens, voici son numéro de téléphone personnel. Il n'a rien écrit, bien évidemment mais m'a fait savoir, par un collègue dont je ne peux pas te donner le nom, qui le tenait d'un intermédiaire... qu'il avait des informations sur ton affaire. Appelle-le. Tu vas tomber sur une messagerie certainement. Notre corbeau a une dizaine de portables dont il change toutes les cinq minutes dans l'espoir d'éviter l'espionnage, lui le maître espion !

Malik remercia sincèrement Morel car la rencontre avec cet ancien haut fonctionnaire, cet ex-pilier du complexe militaro-industriel français, s'offrait comme un rébus récréatif.

« Ne sous-estimes pas le bonhomme, il est retors » recommanda Morel qui voyait bien que Malik prenait la rencontre avec un entrain excessif.

Malik appela le numéro communiqué par Morel et tomba comme anticipé sur un répondeur. Il laissa, en message, son nom et le numéro central de la DGSI. Moins de dix minutes après, le standardiste lui passa Goringer !

- Capitaine Benamar, vous souhaitez me voir ? attaqua, sans préliminaires, l'ancien dirigeant.

Habile et manipulateur, de lui donner du Capitaine et renverser la situation, pensa Malik.

- Lieutenant Benamar. Vous avez souhaité nous rencontrer pour partager certaines informations ? rétorqua Malik.

- Après demain, dans un salon de l'Intercontinental de la rue Scribe, si cela vous convient. Le salon sera réservé au nom de monsieur Pierre Durand.

- L'hôtel vient d'être racheté par le Qatar, cela ne vous dérange pas d'être en terrain hostile ? ironisa Malik

- Non, non, au contraire ! assura Goringer, dans un toussotement asthmatique qui devait être un rire.

- Vendredi prochain, dix heures si vous le voulez bien, rectifia Malik, reportant le rendez-vous et notifier qu'il entendait imposer ses conditions à l'entrevue.

- Parfait. A vendredi donc ! raccrocha son interlocuteur.

Malik passa le reste de la journée à préparer l'échange en consultant le dossier de Goringer, celui de Lagardère et de l'affaire qui avait coûté sa carrière au brillant intrigant.

Renaud Fourcade avait hérité d'un empire ayant trois pieds : un pied industriel dans l'aéronautique civile et militaire, un pied dans l'édition et un pied dans les media. Héritier des conglomérats mêlant politique et industrie comme les groupes Boussac, Hersant, Dassault, à l'instar des Hearst, Berlusconi ou Murdoch, le groupe média cultivait ses réseaux politiques par l'impact de ses journaux people qui pouvaient assurer le lancement d'une carrière politique par une photo glamour en une de couverture ou saborder une carrière établie par une rumeur de chambre à coucher.

Le père, Jean-Lucien Fourcade, avait bâti son groupe avec l'ardeur d'un spadassin et l'habilité d'un jésuite, séduisant les politiques par sa jeunesse insolente, adoptant les codes des fortunes établies en rachetant leurs écuries de course, ruinant ses concurrents avec le sourire. Le groupe Lagardère avait été construit en trois décennies à coups de bluffs mais aussi de travaux de sapes lents et minutieux des défenses ennemies. Jean-Lucien s'était entouré d'une cohorte de brillants polytechniciens et énarques, transfuges des cabinets ministériels qui le servaient avec une loyauté de Templiers mais se haïssaient. L'excessive concentration de brillants esprits exacerbait les rivalités et les jalousies pour la faveur du monarque. Jean-Lucien voulait mener son équipe comme un pack de rugby, il se trouvait empêtré dans des complications de cours florentines. Ces hommes, si brillants dans leurs fonctions opérationnelles, se révélaient sentimentaux, agités de jalousies, perclus de rancœurs et d'ambition frustrée. La proximité d'un bureau de celui du PDG, le titre sur un organigramme, la facilité d'accès au chef devenaient des enjeux majeurs, objet de manœuvres occultes de couloir, de chuchotements, de cabales. La manigance était de tous les instants. La soif de pouvoir épuisait ces esprits habiles. Les salaires et les stocks options étaient des dépouilles que l'on exhibait pour attester d'un rang dans la horde, un signe extérieur, une brisque plutôt qu'un enrichissement. Des clans se formaient et complotaient les uns contre les autres. Les alliances tactiques défaisaient les amitiés anciennes. Roués comme des courtisans de la Sublime Porte, ils grenouillaient les uns contre les autres dans le confinement de l'hôtel particulier de la rue de Presbourg regardant l'Arc de triomphe.

Le fils avait dilapidé l'héritage jouant au mécano avec les pièces du puzzle complexe du conglomérat. Ennuyé par le temps long de l'industrie, lassé par les équilibres byzantins de la gouvernance franco-allemande du pôle de défense, Renaud Fourcade avait adopté une position d'actionnaire dormant, attendant le moment propice pour revendre ses parts afin de désintéresser ses créanciers ayant épongé ses pertes dans des diversifications hasardeuses dans le sport et rejouer le solde au casino de ses lubies.

Construit brique par brique en trente ans, le groupe Lagardère, empire européen, se trouvait vendu par appartement moins de dix ans seulement après le décès de son fondateur par un héritier sacrifiant ses responsabilités managériales pour une cocotte belge.

Goringer fut l'un des barons de Jean-Lucien Fourcade, celui chargé du cabinet secret, du cabinet noir chargé de s'informer sur les manœuvres des concurrents mais aussi des partenaires en affaires par un réseau d'informateurs et d'influenceurs, politiciens, membres des cabinets industriels, journalistes, chercheurs universitaires spécialistes de veille industrielle stratégique. L'intelligence économique est une forme d'espionnage ancienne. Jadis, on faisait la guerre en s'informant sur l'état de récoltes de l'ennemi ou ses ressources en eau; aujourd'hui, on ausculte son cours de bourse, ses retards de production, ses nouveaux brevets. Goringer était l'homme de l'ombre, l'abbé Dubois, moins Friponneau que le conseiller secret du Régent par son ascétisme de vie, il était aussi fanatique d'intrigues, de 'chantiers' comme il appelait ses intrigues menées pour abattre un opposant, affaiblir un concurrent, corrompre un décideur. Son esprit habile menait ses entreprises avec la constance du lierre qui prend appui sur une muraille pour enfin la faire tomber. Le montage de complexes intrigues occupait ses jours et ses nuits, ne laissant pas un instant de répits à un truqueur dont les constructions semblaient fragiles comme des châteaux de cartes tant elles se fondaient sur des bribes de vérité mais se révélaient solides comme une toile d'araignée, aérienne et pourtant mortelle.

C'était cet homme, ce docteur es manipulation que s'apprêtait à rencontrer Malik.

32 - Montage

Vendredi, à neuf heures cinquante, Malik sortit à la station Opéra, à cinq minutes de marche de l'hôtel Intercontinental ouvert en 1862 l'année de la pose de la première pierre du futur Opéra Garnier. La verrière de huit cents mètre carrés du jardin d'hiver l'accueillit. Malik s'enquit du salon réservé par monsieur Pierre Durand auprès du concierge. Celui-ci, avec la politesse teintée de morgue pour un visiteur, non résident à l'hôtel, lui indiqua la direction du salon 'Garnier'.

Malik était très ponctuel, non par politesse mais parce qu'un retard aurait initié l'échange par des paroles d'excuses obligées l'affaiblissant.

Jean-Louis Goringer l'attendait, lisant Les Echos assis, dans une vaste bergère que sa silhouette fluette n'emplissait pas.

Il se leva sans bruit, ses escarpins glissant silencieusement sur la moquette ponceau, vint à Malik et lui serra la main d'une poignée faible, féminine mais le fixant du regard. Goringer se fiait plus à la psychologie du regard qu'à la personnalité supposée émaner d'une poignée de main.

- Café, thé, jus de fruit ? interrogea Goringer en désignant d'un geste calme la table de service servie de porcelaine monogrammée de l'hôtel.

- Thé, merci.

- J'ai commandé du Tie Luo Han. C'est un thé originaire du nord des Wu Yi Shan, un massif montagneux du Fujian. La légende raconte que ce thé fut créé par un puissant moine guerrier à la peau couleur bronze-doré, d'où le nom de Tie Luo Han qui signifie 'Le Vénérable de Fer'. J'espère que cela vous conviendra mais je peux demander une autre variété si vous le souhaitez.

- Non, non, c'est parfait. Je connais pas, mais j'aime les thés oolong, répondit Malik soucieux de ne pas laisser son interlocuteur installer une forme de prééminence culturelle d'emblée.

Goringer servit le thé avec componction et se rassit comme une douairière dans sa bergère, les mains croisés sur son giron, les jambes croisées découvrant une chaussette de soie rouge sur des mocassins en veau couleur chameau, d'une souplesse superbe, synthèse de babouches et d'espadrilles. Des Louboutin ou des Berluti, des pompes à mille euros, pensa Malik en détournant le regard, irrité que son hôte ait suivi son regard sur ses mules quasi papales.

- Merci d'avoir accepté mon invitation. Je ne vous ferai pas l'insulte de vous demander de ne pas enregistrer cette conversation qui est 'off the record', officieuse dirais-je, pour éviter ces horribles anglicismes.

Le parler précieux de Goringer ne surprit pas Malik, mais plutôt son visage. Un visage juvénile et vieux à la fois. Les traits mous, l'absence de ligne de la mâchoire, le front large et le nez sans caractères, un visage sans virilité, d'un bibliothécaire banal, n'eut été le regard, las mais prégnant, de deux yeux gris le dévisageant sans y paraître, comme ceux d'un gavial. La fixité intense de ce regard mit mal à l'aise Malik.

- Vous avez indiqué détenir des informations sur certaines enquêtes de nos services, ouvrit Malik, comme au poker, on ponte une somme pour entrer dans le jeu.

Le porteur de Louboutin fit mine d'un frémissement comme celui d'un oiseau qui gonfle son jabot pour manifester une hypocrite surprise de voir son invité entrer aussi brutalement dans le vif du sujet, se dispensant des bavardages à la conversation mondaine aussi nécessaires que les échauffements avant un kata.

- Vous n'êtes pas sans savoir que le groupe Lagardère s'est désengagé d'EADS. Cette sortie souhaitée par le PDG actuel ne fut retardé que par l'inquiétude du gouvernement français de voir l'arrimage national fragilisé alors que lui-même souhaitait vendre sa participation pour finir ses fins de mois budgétaires. Les qataris sont entrés en 2006 dans le groupe Lagardère, trois ans après la mort de Jean-Lucien Fourcade qui n'aurait jamais laissé faire les choses. Les qataris avaient été éconduits par Daimler en 2011, ont cru trouver la parade en entrant par la porte dérobée française. Ils sont montés depuis à 13 % du capital de Lagardère. Malgré leur posture d'actionnaire dormant, le fond QIA administré directement par le cheik Hamad ben Khalifa Al Thani, le père de l'actuel émir, Tamin. Hamad a cédé le trône en 2013 à son fils prétendument pour raisons de santé, en réalité parce que son activisme islamiste brouillon était devenu trop voyant. Les coups d'état familiaux sont une tradition chez les Al Thani. Hamad ben Khalifa Al Thani, avait lui déposé son père Khalifa ben Hamad en 1995. L'émir du Qatar, Sheikh Tamin bin Hamad al-Thani, est furieux de ce qu'il juge un marché de dupe conclu par son père et il a décidé de tenter un 'come back' sur ce dossier. Renaud Fourcade ne trompe personne avec ses assurances sur le caractère amical des intentions du Qatar. Il ment effrontément quand il affirme que le Qatar soutient sa stratégie de recentrage sur les média. Les qataris ont fait entrer QIA au capital de Lagardère comme un cheval de Troie pour pénétrer EADS et ils sont 'cocus et furieux d'avoir payé la chambre', si vous me permettez cette truculence…

- Certes, mais en quoi ces considérations, dont je vous laisse l'entière responsabilité, ont un lien avec le terrorisme ? interrompit impoliment Malik, fatigué des digressions mêlant faits avérés, interprétations tendancieuses et manipulations flagrantes.

Le policé ancien haut fonctionnaire se raidit un instant sur son siège mais reprit d'un ton amène :

- J'y viens, j'y viens. Les tsunamis ne sont, au début, qu'une modeste vague de haute mer. Donc, je vous le disais, les qataris sont furieux de la sortie d'EADS. Le même PDG qui assurait hier encore vouloir rester pour longtemps au capital d'EADS s'est précipité, dés un sursaut du cours de bourse, pour vendre. Les al Thani ne sont pas tant furieux de voir la valeur durable de Lagardère fondre comme neige au soleil que de perdre là leur ticket pour une restructuration du tour de table d'EADS. Ils ont tenté de racheter la part de Lagardère dans EADS mais en furent interdits par le gouvernement, ou plus exactement l'alliance de la mafia des ingénieurs de l'armement de la DGA et de Dassault et Snecma. Le lobby militaro-industriel français entend en effet conserver son pré carré national. Les américains ont pensé rouler pour les qataris, via General Electric pour affaiblir le concurrent de Boeing, mais leur jeu a été repéré par les israéliens qui ont monté une contre-manœuvre auprès du Président de la république. Tout cela, me direz-vous, aurait du mettre en colère les qataris et compromettre la vente d'Airbus à Qatari Airways et le projet de contrat export de Mirage mais les israéliens ont réussi à faire croire aux qataris que ce sont les américains ont en fait travaillé contre eux pour leur faire payer un soutien aux Frères musulmans en Egypte et au Hamas. . Le Qatar abrite la base aérienne Al Udeid Air Base, pièce essentielle du Centcom, la force de déploiement rapide des Etats-Unis dans le golfe persique or les qataris se sont jugés trahis par l'allié américain; celui-ci est plus soucieux de l'allégeance de l'Arabie saoudite qui a ramené depuis le Qatar à une ligne de collaboration en donnant des gages anti-islamistes qui ne trompent que les journalistes mal informés. Du coup, le Qatar va acheter probablement des Rafale comme gage de son sérieux et pour s'attacher la reconnaissance de Dassault. Les qataris misent aussi beaucoup sur le retour de Nicolas Sarkozy et les bons offices de Dominique de Villepin qui s'est rallié à l'ancien président de la république dans sa primaire interne pour la candidature pour la présidentielle 2017.

Nous y voilà, enfin, pensa Malik qui attendait depuis les prolégomènes contournés comme un dédale de buis, du compliqué conspirateur.

- En admettant tout ce que vous me racontez, je ne vois toujours pas le lien avec les missions de la DGSI, je crains que vous ne vous soyez trompé d'interlocuteur.

- Le lien est direct, répliqua Goringer qui poursuivit devant le sourcil levé de Malik, votre enquête sur cette déplorable affaire de Marcq-en-Barœul vous a amené à lever des pierres que vous n'auriez pas du remuer. Certains poissons-pierre, si vous me permettez de filer l'analogie, sont furieux de vos investigations. Le contrat de vente de 36 Rafale à 150 millions d'euros l'unité, cela représente des dizaines de millions de commissions pour les intermédiaires. Les politiques français ont la fâcheuse habitude de racketter ces financements par ce que l'on appelle joliment des rétro-commissions or 2017 c'est demain et il faudra de l'argent pour la campagne présidentielle alors vous comprendrez que vos rendez-vous au Plaza Athénée et vos appels à la correspondante d'al Jazeera à Paris, cela fait désordre. Vous compromettez le gagne pain de beaucoup de gens puissants, vous le petit flic de la DGSI. L'assassinat de vos parents est un avertissement, un odieux avertissement, mais un simple avertissement. Vous ne retrouverez jamais les auteurs, quand aux commanditaires, la raison d'Etat vous empêchera de les déloger, conclut avec une grandiloquence cynique, satisfaite, odieuse, Goringer.

- Et qu'est-ce qui me dit que vous n'êtes pas un agent provocateur des américains, des israéliens voire des russes ? Ou simplement un mythomane, grinça Malik.

- Je suis un homme fini. Ma carrière a été brisée, mon nom souillé, mon honneur mis en cause par ceux-là même qui veulent vous faire taire. J'ai voulu défendre l'indépendance nationale contre les menées politiciennes de certains chacals; comme vous, je suis un nationaliste français, rétorqua, blessé le conspirationniste.

- Et qu'est-ce que vous m'apportez, sinon comme preuves, au moins comme indices, de vos allégations ?

- A qui profite le crime ? suivez l'argent… Une enquête sérieuse sur les clients qataris de Jean-Marie de Richepain et son âme damnée Alexandre Ziad, vous apportera la preuve de mes, allégations, comme vous les appelez ?

Malik comprit qu'il ne tirerait rien de plus que ces dénonciations sans preuves d'un homme blessé qui cherchait à travers lui à se venger de ceux qui avaient été ses amis, ses intimes, ses complices et qu'il avait trahis ou qui l'avaient trahi le premier, il ne savait plus, car seule la vengeance comptait maintenant pour lui. Il ne vivait que dans cet espoir obsessionnel de les faire tomber avec lui dans la fange de l'infamie.

Malik but le thé devenu froid et quitta le salon Opéra, bien nommé pensa-t-il pour cet opéra politique plein de traîtres et d'ambition meurtrière.

Quelque chose dans le fatras débité par l'ancien dirigeant, tout juste sorti de prison, faisait sens. Il résolut de poursuivre la piste en enquêtant sur les intermédiaires de la vente de Rafale. « Je me prends pour Saint-Georges terrassant le dragon maintenant » se moqua-t-il de lui-même.

33 - Tracfin

Les rapports de travail entre Tracfin et la DGSI étaient bons et le Directeur de Tracfin, Jean-Baptiste de

Montgallet, donna un rendez-vous à Malik dès le surlendemain.

L'inspecteur général des finances Jean-Baptiste de Montgallet dirigeait Tracfin, la Direction du ministère des finances en charge du Traitement du Renseignement et Action contre les Circuits FINanciers clandestins, avec une volonté rogue d'indépendance du politique. Ayant accroché le scalpe de Jérôme Cahuzac, l'ancien ministre des finances du gouvernement Ayrault, il venait de prendre dans ses filets Patrick Balkany, l'ami intime de l'ancien Président de la république Nicolas Sarkozy. Ce tableau de chasse apolitique lui servait de caution morale pour revendiquer une liberté totale dans ses investigations.

Les établissements financiers et intermédiaires devaient signaler à Tracfin toutes les transactions douteuses et notamment les mouvements bancaires supérieurs à 50 000 €. La petite centaine d'agents triait la pêche remontée par le vaste chalut des recoupements informatiques. De la trentaine de milliers de signalements, les agents de Tracfin avaient instruits un peu moins de cinq cents dossiers transmis à la justice représentant près de huit cents millions de fraude potentielle.

C'était donc une petite boutique en termes d'effectifs mais d'un excellent rendement pour les finances publiques et un allié important des services de police luttant contre la grande criminalité, la délinquance fiscale mais aussi le terrorisme.

La DGSI traquait notamment le financement de réseaux dormants de djihadistes par des associations musulmanes à façade caritative. Le soutien aux orphelins palestiniens, aux réfugiés des guerres de Syrie et d'Irak, faisait florès. Dans la prolifération d'initiatives légitimes se cachaient quelques loups déguisés en agneaux qui soutenaient les extrémistes musulmans avec l'argent collecté au sortir des mosquées françaises ou blanchissaient l'argent reçu de riches donateurs du golfe persique. Tracfin aidait à trier le bon grain de l'ivraie dans l'aide humanitaire musulmane mais la tâche était rendue complexe par l'importance des sommes circulant en espèces. Il était difficile de tracer le produit des quêtes notamment.

Jean-Baptiste de Montgallet reçut Malik dans son bureau de Montreuil. L'inspecteur général des finances avait fait sortir du Mobilier national un bureau empire authentique, avec les fauteuils assortis, un tapis iranien, deux toiles dans le genre d'Hubert Robert et quelques vases de Sèvres, reconstituant, comme un décor de cinéma, le bureau type de l'inspecteur de finances chef de service à Rivoli, dans les anciens locaux du ministère des finances, restitués à leur grand dam au musée par la volonté de François Mitterrand.

Jean-Baptiste de Montgallet portait gaillardement ses soixante cinq ans, la bedaine satisfaite d'une monsieur Bertin peint par Ingres, la trogne rougeaude du chasseur de grande vénerie, d'étonnants pantalons de velours, assortis à d'épais croquenots à double semelle, mais tranchant avec une veste de tweed assez chic et un gilet de soie. L'inspecteur aimait son confort et méprisait les modes avec l'aisance d'un gentleman farmer. Inspecteur des finances de père en fils, il était le quatrième de la lignée quand les Montgallet adoptèrent la carrière de l'Etat, rentrés dans les bagages du poussif Louis XVIII.

A sa droite, silencieux, l'échine souple comme un coadjuteur, habillé comme un agent de la CIA, d'un costume noir, chemise blanche et cravate noire qui tranchait avec l'exubérance de son chef, un jeune inspecteur des finances, prenait des notes. De Montgallet le présenta comme Gontran de la Petite Chaise, le chef de service.

- Et bien que puis-je faire pour vous, Lieutenant ? l'apostropha d'un ton royal le potentat administratif.

- Voila, je suis chargé d'une enquête sur un double assassinat dont nous essayons de déterminer s'il a été commis par des islamistes ou par des agents provocateurs d'une puissance étrangère. Une connexion semble exister entre ce crime et des intermédiaires du projet de contrat de vente de Rafale de la France au Qatar. Je dois admettre que, présenté ainsi, l'affaire doit sembler alambiquée mais nous devons souvent démêler un écheveau, vous l'imaginez.

- Et vous ne pouvez le trancher d'un coup de glaive comme Alexandre le Grand rompit le nœud gordien, interrompit le moderne Cernnunos.

- Oui, enfin... reprit, un peu interloqué Malik ... nous aurions besoin que vous regardiez si vous voyez des flux financiers suspects entre le Qatar et un certain nombre d'intermédiaires français avec le Diwan. Certains de ces intermédiaires sont ou ont été très proches du plus haut niveau de l'Etat.

- Vous voulez parler de Jean-Marie de Richepain, l'ancien Premier ministre, j'imagine ?

- Oui, lui et quelques autres.

- Pas de problèmes. Vous me transmettez par la voie hiérarchique une demande de coopération de votre Directeur. Inutile de copier les cabinets ministériels. Il sera toujours temps de les mettre dans la boucle si l'on détecte quelque chose. Gontran, lancez dès aujourd'hui la recherche. Bonne traque, Lieutenant, conclut le rubicond Inspecteur général des finances comme au départ d'une course au cerf.

Malik serra la main de Gontran, le muet du sérail en lui laissant sa carte professionnelle.

Malik sortit amusé et rasséréné de cet échange.

Le jeune inspecteur mit un point d'honneur à aller vite, ou bien de Montgallet avait un vieux compte à régler avec de Richepain, car Malik reçut le rapport de Tracfin dès le surlendemain croisant la demande de coopération officielle de la DGSI.

Le rapport listait une série de transferts financiers entre le compte de la société d'avocats créée par l'ancien Premier ministre pour héberger son activité de consultant international. Les virements émanaient de plusieurs organismes publics qataris et référençaient des contrats de consultance. Rien que de très banal. Les montants étaient élevés mais cohérents avec le presque million d'euros de chiffre d'affaires déclarés au fisc et publié au registre du commerce. Quelques virements de personnes privées que Malik identifia comme de l'entourage de la dynastie régnante. Rien ne permettait de soupçonner l'ancien Premier ministre. L'enrichissement n'était pas interdit en France, François Guizot, le contemporain de Bertin l'avait même recommandé.

Le rapport sur Alexandre Ziad était beaucoup moins immaculé. Des sommes importantes, émanant de holdings, transitant par des paradis fiscaux, dont l'analyse de l'actionnariat faisait apparaître des hommes d'affaires libanais, saoudiens mais aussi qataris, ressortait.

Morel à qui il présenta les conclusions de ce rapport convint avec lui qu'il fallait laisser tranquille l'ancien Premier ministre mais se concentrer sur les activités de son homme lige, le bel Alexandre Ziad : « Tu devrais humer l'air de Doha. Rien ne vaut l'enquête à l'ancienne, de proximité, sur le terrain. Je te fais un ordre de mission pour deux semaines, aux bons soins de l'attaché militaire de l'ambassade. C'est un ancien des services actions de la DGSE, lieutenant-colonel de la Légion, vous allez être très potes tous les deux ! »

Malik, muni de ce viatique à double sens, n'hésita pas, se dissimulant, qu'une fois encore, il fuyait son foyer au nom de la raison du service. Il embarqua dès le lundi suivant pour Doha.

34 - Lawrence d'Arabie

Malik dut emprunter le vol quotidien d'Air France sur Doha via Schiphol. Neuf heures de vols, une journée entière les genoux dans l'estomac en classe touriste, regretta-t-il ayant vu sur internet un vol Qatar Airways moins cher et plus rapide.

Parti à 7:15 il se posa à 18:15 à l'aéroport international Hamad de Doha. Inaugurée en avril 2014, construit sur la mer, rutilant d'acier et de verre, des halls à la hauteur de cathédrales, l'aéroport jetait la fortune du Qatar à la figure du voyageur. Personne n'attendait Malik à l'aéroport malgré le télégramme adressé la veille à l'attaché militaire. Malik dut donc prendre un taxi pour se rendre à l'ambassade. Son irritation de cette non réception trouva un dérivatif dans la décoration orientale du taxi. L'énorme Mercedes climatisée était entièrement revêtue d'une peluche orangeâtre qui puait la poussière malgré le parfum agressif du désodorisant chimique diffusé par une boule accroché avec une main de Fatima au rétroviseur. Les vitres fumées dispensaient une lumière tamisée dans le taxi qui ressemblait à la salle d'attente d'un bobinard libanais. Le chauffeur pakistanais, dans un anglais sautillant comme une pie, presque incompréhensible, mais devinant la nationalité de Malik, proposa, à tout hasard, le Méridien, puis le

Mercure, puis comprenant 'Embassy', il se désintéressa de ce client et reprit sa conversation en ourdou sur son portable avec un correspondant inconnu. Malik entendait des mots et phonèmes proches de l'arabe enchaînés avec de brusques élans et des ralentissements inattendus par le locuteur.

L'ambassade de France à Doha, située sur la baie Ouest près du port, pointait ses deux tétons de béton encadrant un mat phallique portant le drapeau national : cela ressemblait aussi à un transformer replié. Moche, une véritable publicité pour Lafarge, pensa Malik énervé de la réticence du chauffeur à accepter sa carte bleu.

Le planton conduisit Malik au bureau de l'attaché militaire.

Le colonel Florent Boucher, l'accueillit, en grand uniforme, toutes décorations au vent, d'une poignée virile : « Lieutenant Benamar ? Bonjour. Colonel Boucher. Bien venu à Doha. J'espère que vous avez fait un bon voyage sur la compagnie nationale. J'aurais pu vous faire emprunter à l'aéroport un raccourci par le tarmac mais cela aurait alerté inutilement tous les barbouzes du coin donc j'espère que vous excuserez cet accueil non protocolaire. Je lis votre surprise de me voir en uniforme mais je dois me rendre à l'ambassade des Etats-Unis pour participer à un coquetel des attachés militaires des pays engagés dans la coalition en Irak et en Syrie donc je vais devoir vous quitter. Je vous ai préparé un programme pour demain. Mon adjoint vous conduira à votre hôtel pour vous laisser le temps de vous remettre du voyage. Il viendra vous rechercher demain à 9:30. A 10:00 vous avez un rendez-vous avec Emmanuel Soufi, le Premier secrétaire. C'est un 'Langues O'; très malin; très irrespectueux aussi; mais il est le plus au fait des arcanes politiques ici à l'ambassade. L'ambassadeur n'a posé ses valises que depuis deux mois, il est encore dans ses cartons. Le Premier conseiller vous recevra à déjeuner. Enarque bon teint, il supervise les dossiers économiques sauf ceux relatifs à la défense dont nous parlerons à 15:00 si vous le voulez bien. Vous pourrez saluer l'ambassadeur lors de la réception de ce soir donnée à l'ambassade par Unifrance pour le soutien export au cinéma français. Soirée à laquelle vous êtes son invité. Jolies femmes et champagne, quelques starlettes. La sœur de l'émir, la Sheika Al Mayassa, a annoncé qu'elle passerait brièvement. Ella a passé un an à 'Sciences Po'. Très francophile comme une grande partie de l'élite ici. La femme la plus influente du marché de l'art mondial, selon les gazettes. Elle dispose d'un budget annuel d'un milliard de dollars… Bon, je commence à papoter comme Emmanuel, je vais être en retard. A tout à l'heure !

Malik le remercia, souriant intérieurement; les phrases du militaire comptaient au plus entre dix et vingt mots.

Après une nuit ennuyeuse au Mercure, hôtel réservé par l'ambassade, Malik fit la connaissance d'Emmanuel Soufi le lendemain matin.

- Bien venu, monsieur l'espion, l'apostropha d'emblée, en arabe, le Premier secrétaire, en lui serrant la main puis en lui désignant un sofa.

Malik s'assit sans répondre, inspectant d'un regard circulaire le bureau du Premier secrétaire. Une table basse incrustée de nacre cachait un peu un superbe tapis persan. Un service à café turc était disposé sur la table qu'Emmanuel, perché sur un pouf marocain, maniait en poursuivant son soliloque. Des tableaux orientalistes complétaient le décor du bureau décoré à la Pierre Loti.

Repassant au français, son hôte poursuivit :

- Vous regardez ma table. Joli travail damascène que je promène de poste en poste. Le tapis est un Chiraz du début du siècle dernier. Türk kahvesi à la cardamone; je l'ai fait orta, pas trop sucré; cela vous convient ? Je me suis dit que vous auriez plus besoin d'un fort remontant que d'un thé à la menthe. Pour le pastis, vous verrez cela avec Boucher et pour le champagne, il faut attendre ce soir.

- Parfait, répondit Malik ragaillardi de son voyage par le volubile et plaisantin diplomate.

- Bon, qu'est-ce qui me vaut le plaisir de votre visite ?

Malik parla, de manière circulaire, d'un fond de dossier de la Dgsi à actualiser sur les mouvements islamistes soutenus par le Qatar, sur une réévaluation de la situation suite à la réconciliation du Qatar avec l'Arabie saoudite lors du Conseil de coopération du golfe de décembre, sans évoquer son enquête en cours. Le diplomate fit semblant le croire mais ironisa.

- En trente ans d'ambassade, c'est la première fois que je suis questionné par un agent des services secrets. Le ministère de l'intérieur et celui de la défense nous prendraient-ils, soudainement, pour des gens sérieux ?

- Les ministères, je ne sais pas mais votre attaché militaire, oui. Il m'a dit que vous pourriez m'éclairer sur les arcanes de la politique qatarie.

- Ce cher Boucher, pas une ganache comme tant d'autres, répondit Soufi avec une tendresse surjouée.

- Bien. Vous voulez la version officielle, type Dépêche du Quai ou la version non censurée, à la Soufi ?

- J'ai déjà lu dans l'avion la version compassée donc lâchez-vous.

- Mon cher Malik, vous permettez que je vous appelle Malik, je vais donc vous dire les non-dits. Le Qatar c'est grand comme la Corse, riche comme la Californie et géré par une dynastie qui voudrait avoir le glamour des Grimaldi. La dynastie Al Thani a hérité de l'émirat par décision de la Grande-Bretagne, ancienne puissance coloniale jusqu'en 1971. Les américains avaient piqué le contrôle de l'Arabie saoudite aux anglais au détour de la première guerre mondiale. Les anglais forment les émirs successifs à Sandhurst pour affermir l'anglophilie de la dynastie mais leur influence est en déclin. La maison Al Thani descend des Banu Tamim, une des plus grandes tribus de la péninsule Arabique, mais ce ne sont pas des sayyid, des descendants du Prophète, ce qui leur vaut la condescendance des saoudiens, gardiens de la Mecque mais aussi des relations distantes avec le Maroc dont la dynastie chérifienne se réclame d'Ali, le gendre du Prophète. Les docteurs malikites, dominants au Maghreb, rejettent le Wahhabisme, religion d'Etat au Qatar comme en Arabie saoudite, considéré comme anti-doctrinaux et usurpateur de l'administration des lieux saints, mais ça vous le savez vous qui êtes marocain.

Devant la surprise de Malik, Soufi précisa : « Votre arabe a une tonalité typiquement marocaine » et poursuivit :

- Le Qatar est immensément riche mais n'était, politiquement, qu'une espèce d'Andorre sous la tutelle sourcilleuse de la sénile mais immense Arabie saoudite. Premier exportateur mondial de gaz liquéfié, ils ont comme tous les arabes une trouille bleue des iraniens et pas assez d'hommes pour se défendre. Tous les roitelets du Golfe persique vivent dans la paranoïa de l'invasion du Koweït en 1990 par Saddam Hussein. Donc, ils ont accordé des privilèges d'exterritorialité aux américains pour attirer la plus grande base militaire américaine, hors Etats-Unis, le centre de commandement de la force de projection rapide, le Centcom. Boucher vous expliquera cela mieux que moi. Mais les Al Thani sont tout sauf des imbéciles et ils se sont donné deux objectifs : assurer l'après eldorado gazier, même s'ils ont cent ans devant eux de rentes, premier objectif, et, second objectif, donner au Qatar sur la scène internationale, une place que ne leur autoriserait pas leur seule opulence. On parle du Qatar, on ignore Brunei, deux émirats aussi riches l'un que l'autre. Pourquoi ? Parce que Khalifa ben Hamad Al Thani, le père de l'actuel émir, a décidé, stratégiquement, de recourir au soft power. Laissant le hard power, le pouvoir militaire, aux américains, les qataris financent, je dirai même, achètent leur position soft power. Le soft power c'est l'influence sans exercer le contrôle direct. Les leviers du soft power qatari sont le sport, premier étage de la fusée, la culture, second étage mais aussi le soutien aux mouvements de libération de toute obédience. J'y reviendrai car c'est sur ce point que vous m'attendez mais il faut comprendre que ce soutien, n'est qu'une composante d'une stratégie plus globale. La création de la chaine Al Jazeera a été le coup de génie de Hamad ben Khalifa Al Thani. Adoptant les codes de CNN mais avec une onction musulmane assurée par des présentatrices en abbaya, des prêches dispensés par des imams wahhabites, voire Frères musulmans comme Yussuf al-Qaradawi. Le passé émir, Hamad, celui qui a abdiqué au bénéfice de son fils Tamin en 2013, en invoquant le renouvellement du pouvoir mais en réalité menacé d'être poussé dehors par son fils comme il avait lui-même poussé dehors son père en 1995, a engagé avec son grand vizir Hamad bin Jassim bin Jaber al Thani, un cousin dont l'émir disait en plaisantant que s'il régnait sur le Qatar mais que Jassim le possédait, une politique étrangère qui pouvait paraître un peu brouillonne en premier abord. Ami affiché des occidentaux, le Qatar finançait les mouvements islamismes fondamentalistes en particulier les Frères musulmans; prônant la décrispation avec Israël, le Diwan subventionnait le Hamas; feignant la loyauté avec le grand frère saoudien, les Al Thani firent d'Al Jazeera la chaîne du printemps arabe, aidant au renversement des dictatures laïques des

Ben Ali, Moubarak, Assad, Kadhafi puis applaudissant à l'instauration de gouvernements islamistes; affichant une modernité de façade à grand coups de colloques internationaux sur la jeunesse, l'éducation, la culture, le régime stipendiait les mouvements les plus rétrogrades de l'Islam sunnite. La stratégie sportive du Qatar entre dans cette recherche du soft power. Pour exister positivement dans les opinions publiques occidentales, il faut flatter le peuple. Les jeux du cirque modernes que sont les championnats de foot, de hand-ball, de moto, et que sais-je, assurent une audience mondiale à cet émirat croupion. Les pays occidentaux bradent leurs clubs de foot à des oligarques russes, kazakhs, ouzbeks. La prévarication organise les compétions mondiales. Passons, c'est un peu hors sujet. Toute cela ne leurre pas les chancelleries mais le Qatar achètent la complaisance des gouvernements occidentaux à coups de contrats exports et d'investissements stratégiques soit disant dormant du QIA, le fonds souverain qatari. Quand on regarde, les qataris ont la même diplomatie du porte-monnaie que les chinois. Combien d'Airbus pèse le silence coupable sur la sinisation oppressive du Tibet ? Combien de compromissions sur le financement qatari de djihadistes au Levant, en Afrique pour augmenter la part française dans les prébendes du gaz qatari ?

Le Premier secrétaire monologuait depuis un quart d'heures, s'enflammant tout seul à la dénonciation des lâchetés de la diplomatie officielle. Il se resservit un café dans le silence. Malik l'observait, raidi, presque convulsé, sur son pouf marocain. Exalté comme sir Thomas Edward Lawrence, dit Lawrence d'Arabie, dénonçant les rivalités suicidaires des tribus bédouines qui laissèrent le champ libre au général anglais Allenby après la prise de Damas aux turcs.

« Drôle de type, surtout, curieux que le Quai tolère un tel Savonarole » pensa Malik qui ignorait que la loufoquerie y est assez bien porté par les non carriéristes.

Retrouvant un peu de calme, Soufi reprit : Parlons maintenant des mouvements islamistes qui vous intéressent plus que mes considérations pessimistes et politiquement incorrectes. Vous vous demandez comment je puis être aussi libre de parole dans une administration aussi compassée que les affaires étrangère où la litote et le conditionnel sont le seul mode d'expression autorisé ? Pour une raison 'historique'. J'ai été le seul, quand j'étais jeune Premier secrétaire à l'ambassade de France à Bagdad en 1978, à annoncer le renversement du régime du Shah d'Iran par l'imam Khomeiny, alors exilé à Karbala. Je fus alors le seul diplomate à prendre la peine d'écouter ses prêches enregistré sur des cassettes puis passées en contrebande vers l'Iran chiite. Mon ambassadeur, dont je tairai le nom, par gentillesse, ne faisait pas la différence entre chiites et sunnites et ne se préoccupait que de son prochain poste dans un Occident civilisé. Depuis ces prédictions contenues dans une dépêche diplomatique, expédiée en profitant de l'absence de l'ambassadeur et du premier conseiller partis en congés du nouvel an à Paris, je suis considéré comme une sorte de Nostradamus. Je leur ai également annoncé le collapsus du gouvernement fantoche mis en place par les américains après la guerre du golfe et le danger d'irrédentisme des tribus sunnites irakiennes qui a nourri Dah'ech. Depuis je suis considéré comme un mal nécessaire par la Direction d'Afrique et du Moyen-Orient. Les américains et les russes lisent paraît-il mes notes. C'est la gloire puisque je suis espionné ! Bon, encore une digression, excusez-moi. Venons-en à nos moutons, plutôt à nos loups islamistes. Vous êtes un spécialiste donc je vais faire court avec vous? Pour comprendre le soutien du Qatar aux mouvements de libération arabes, il faut en rechercher les raisons donc les enjeux. Le premier enjeu est dynastique. Toutes les dynasties installées par les britanniques au sortir de la première guerre mondiale en Arabie et au Moyen-Orient ont été bousculées soit par des leaders laïcistes, comme Atatürk ou, prétendument laïques comme Nasser, ou par des chefs religieux comme Khomeiny. La royauté de droit divin et non constitutionnelle des Etats du golfe persique et un anachronisme. Les dynasties en place le savent. L'enjeu est donc la sauvegarde de la dynastie. Le régime saoudien s'arc-boute sur une gérontologique pratique dictatoriale. Le roi Abdallah ben Abdelaziz Al Saoud est âgé de plus de quatre-vingt dix ans. Il vient de remplacer l'actuel prince héritier Salmane, âgé de soixante-dix-neuf ans et malade, par son demi-frère le prince Moqren, âgé de soixante-neuf ans comme successeur dans l'ordre dynastique. Cela rappelle l'époque soviétique des Andropov et Tchernenko ou celle des papes mourant quelques mois après leur élection. Le régime, refusant toute modernisation politique, essaie de garder sous le pied la tête du serpent islamiste Al-Qaïda et consorts, que le fondamentalisme wahhabite qui constitue le pilier religieux de la dynastie Saoud, a enfanté. La prise de contrôle de la Mecque par des terroristes en 1979 a laissé un traumatisme durable chez les quelques centaines de princes et consorts qui se partagent le pouvoir en Arabie saoudite. La dynastie qatarie a pris, elle, le parti de la modernisation de façade. « Si nous voulons que tout reste tel que c'est, il faut que tout change » déclare le Prince Salina dans le Guépard. Les Al Thani appliquent ce principe ainsi que la recette de la monarchie de juillet « enrichissez-vous ! » et laissez le gouvernement des hommes à une minorité éclairée. La jeunesse qatarie n'a pas bougé pendant le printemps arabe, se contentant de regarder les images d'Al Jazeera montrant les foules de jeunes tunisiens, égyptiens, syriens, omanais. Par calcul à court terme, les qataris ont acheté la complaisance des Frères musulmans en leur ouvrant les plateaux d'Al Jazeera et les portes de leurs mosquées. Allumant le feu des incendies islamistes chez leurs voisins comme des contre-feux à toute agitation chez eux, ils se sont rendus insupportables au grand frère saoudien. L'Arabie saoudite a mis du temps à se réveiller comme un lion endormi mais a financé le renversement du gouvernement de Mohammed Morsi par les généraux putschistes égyptiens conduits par Abdel Fattah al-Sissi, la mise au ban du Qatar du Conseil de coopération du Golfe par le rappel des ambassadeurs de mars à novembre 2014. Le Qatar a été mis au piquet. Il a compris la leçon et le baiser de l'émir Tamin au roi Abdhallah siffle la fin de la récré. Depuis il a mis de l'ordre, remplaçant le Premier ministre Jassim, celui qui avait été le Premier ministre des deux précédents émirs, aidant le fils à renverser le père par un petit petit cousin Abdallah bin Nasser bin Khalifa Al Thani qui cumule les fonctions de Premier ministre et de ministre de l'intérieur. C'est un brillant technocrate qui a fait ses classes comme flic de base. Il a été décoré en 2009 de la Légion d'honneur et en 2012 de la médaille de la Gendarmerie nationale; allez savoir quelle de ces deux décorations lui a fait le plus plaisir ? Surtout le nouvel émir a nommé en décembre 2014 à la tête du QIA, le fonds souverain, un nouveau directeur général : Abdallah ben Mohamed ben Saud Al Thani. L'ordre intérieur et l'arme des investissements extérieurs étant sous contrôle d'hommes lige, l'émir a repris en direct la politique étrangère. Khaled bin Mohamed Al Attiyah fait le service avant ou après vente. « Non, le Qatar ne soutient aucun groupe extrémiste, d'aucune manière » affirme le ministre qatarie des affaires étrangères avec constance. Le présent est douteux, l'imparfait aurait été mensonger. Cela ne trompe personne. La réalité est que le Qatar a financé sans beaucoup de discrimination tous les mouvements opposés au Président Assad en 2013 mais, depuis, a mis de l'ordre en n'arrosant plus n'importe quel mouvement sunnite. En septembre, le Diwan a prétendu donner des gages, aux américains et à l'Arabie saoudite et à l'Egypte, en expulsant sept cadres de l'organisation des Frères musulmans : Mahmoud Hussein, secrétaire général de la confrérie, Wajdi Ghneim, membre éminent de l'organisation et prédicateur influent, Issam Talima, cheikh diplômé d'Al-Azhar, ainsi que plusieurs hauts cadres du Parti de la justice et du développement (organe politique de la confrérie) tels que Jamal Abdelsattar, Ashraf Baderdine, Hamza Zouba et Amrou Darrag, réfugiés au Qatar depuis le coup d'État militaire qui a évincé le président égyptien Mohamed Morsi du pouvoir le 3 juillet 2013. C'était le prix à payer pour sauver le Conseil de coopération du Golfe devant se tenir à Doha en novembre et assurer la sortie très médiatique de quarantaine du Qatar. Le prédicateur Hajjaj Al'Ajmi qui faisait des tournées de recueil de fonds pour les mouvements islamistes en Syrie et en Irak s'est vu interdire son prosélytisme par le Qatar. Le Diwan a appuyé les prises de position d' Ahmed Raissouni, le vice-président de l'Union internationale des oulémas qui a dénoncé la prétention de l'État islamique de vouloir imposer par la force un califat à l'ensemble du monde musulman. Les déclarations ambigües de Youssef Al Qaradawi, le prédicateur vedette d'Al Jazeera qui ne rejetait pas l'idée de califat tout en condamnant à la fois les méthodes de Dah'ech et l'engagement des pays arabes aux côtés de la coalition menée par les Etats-Unis, lui ont valu une mise à l'index par une interdiction d'antenne par Al Jazeera. Aujourd'hui le seul soutien est celui apporté à l'Armée de la Syrie Libre par l'accueil sur le territoire qatari de combattants entrainés par les américains. Le Qatar semble poursuivre son soutien financier au Hamas tout en tentant de faire croire qu'il l'a interrompu. La rumeur court sur l'expulsion du Qatar de Khaled Mechaal, le leader du Hamas qui après avoir quitté Damas en 2013 se verrait contraint à un exil en Turquie. Si cette expulsion était avérée, ce serait un signal fort. Le jeu du Qatar en Lybie reste très trouble. Il semble que, de mèche avec les services secrets turcs, les services qataris soutiennent les factions des Frères musulmans en Lybie mais vous devez en savoir plus que moi sur ce front. Voilà ce que je peux vous dire. Vous comprendrez qu'en tant que diplomate, nous ne pouvons nous livrer à des investigations sur les activistes islamistes en tant que tels. Mais mon opinion générale est que, sous la houlette du nouvel Emir, le Qatar va considérablement réduire son soutien aux mouvements radicaux musulmans en Syrie et en Irak. Il est sous étroite surveillance des services secrets saoudiens et des autres émirats du golfe, sans oublier Israël. Le Levant c'est trois, quatre départements français, donc tout finit par se savoir. Quant à soutenir des djihadistes en France, je n'y crois pas un instant. Les investissements qataris dans les fleurons industriels européens ne survivraient pas à une crise diplomatique et n'oublions pas que l'objectif premier de la dynastie Al Thani est de passer ce siècle en assurant un avenir économique après la fin de la rente gazière. N'oublions pas que la peur est bonne conseillère et les qataris ne peuvent se passer de la protection américaine face à l'Iran imprévisible et craint. Malik avait pris quelques notes en écoutant le long exposé du Premier secrétaire qui, après quelques galéjades introductives, avait dressé un tableau des raisons économiques, religieuses et militaires qui sous-tendaient la diplomatie qatarie. Le nouvel Emir représentait un retour à la prudence et la fin de l'émancipation de la tutelle militaire américaine et religieuse des saoudiens.

Malik remercia donc vivement Emmanuel Soufi dans l'attente de son rendez-vous avec le conseiller militaire pour évoquer le dossier des Rafale.

35 - Le dossier des Rafale

Malik eut un déjeuner ennuyeux avec le Premier conseiller Jean-Marie Marwah qui excellent arabophone mêla arabe et français plus des termes business anglais pour lui faire un tableau idyllique des opportunités offertes par le Qatar aux entreprises françaises. Le 'retombées' du voyage du Président Hollande au Qatar en juin 2013, les dix milliards d'investissements qataris en France espérés, sans compter les contrats export pour les Vinci, Veolia et autres Alsthom, rendaient mouillée la voix du diplomate comme s'il parlait d'une jolie femme. Le diplomate, sans prendre même la peine de lui demander ses éventuels sujets d'intérêt, lui déplia pendant tout le repas la brochure verbale enthousiaste de l'excellente coopération franco-qatarie. L'impéritie de l'ambassade ayant provoqué la colère de François Hollande d'avoir fait une visite officielle vingt-quatre heures avant l'abdication de l'émir Hamad, pourtant annoncée par la presse, était pudiquement passée sous silence. Malik mangea en faisant semblant d'écouter son hôte. Le second conseiller et le conseiller économique opinaient les affirmations du diplomate comme les chiens qui balancent leur tête sur la fenêtre arrière des voitures.

Malik échappa avec soulagement à logorrhéique langue de bois technocratique du Premier conseiller en rejoignant l'attaché militaire.

- Alors ? Vous avez chevauché l'Arabie compliquée avec notre Lawrence et été endoctriné par La voix du Quai ? blagua Florent Boucher.

Malik sourit.

- Oui, je suis devenu incollable sur la maison Al Thani et sur le 'buy made in France', mais pourrions-nous parler du contrat des Rafale ?

- Fichtre ! Vous allez droit au but. Mais comme dirait mon copain Soufi, il faut d'abord vous donner la toile de fond. Rassurez-vous, je suis un ancien commando de marine, donc je parlerai 'fort et clair' comme on dit dans les transmissions.

Les forces armées qataris, c'est peu de choses. Moins de douze mille hommes pour deux millions de nationaux. Les chiffres officiels du budget de la défense, de moins de deux milliards de dollar ne signifient rien. La réalité est que le Qatar s'est placé sous le parapluie américain par des accords de 2002 confortés en 2013 et avec la France par un accord passé en 1994, tout en achetant des armements de défense et de projection extérieure de prestige.

La base qatarie Al Udeid du Centcom, la force de projection américaine, est un pivot central du dispositif américain. Le Sheikh Hamad estimait à dix milliers de soldats la capacité d'accueil de la base, cela vous donne une idée de la taille. Al Udeid est probablement la base américaine la plus importante aujourd'hui hors territoire national.

Les anglais sont le partenaire militaire historique des élites militaires qatari mais la guerre export se joue dans un 'mano a mano' entre les Etats-Unis et la France.

Les qataris tentent de maintenir une stratégie bi-source en matière d'armements mais les Etats-Unis font un forcing éhonté. Suite à la signature des accords de décembre 2013, lors de la visite du secrétaire d'Etat américain à la défense Chuck Hagel, les ricains ont fourgué pour onze milliards d'hélicoptères de combat Apache, de missiles Patriot et de systèmes de défense anti-aérienne Javelin. Cela représenterait cinquante-quatre millions emplois aux Etats-Unis, rien que cela ! Les Patriot c'est, comme pour le israéliens, pour contrer une éventuelle attaque des iraniens. Si l'achat d'armes est une compensation à la protection militaire occidentale, c'est aussi une composante de la diplomatie qatarie, un moyen de pression des qataris pour obtenir des contreparties. Le Qatar fait ainsi le forcing pour augmenter leur part au capital d'Airbus, Airbus qui est le second actionnaire de Dassault, derrière la holding familiale. Seconde illustration, le directeur général de Qatar Airways réclame sans pudeur des droits d'atterrissage supplémentaires sur Roissy car très grand client Airbus. Moins publié enfin, les forces armées qataries se sont dotées d'un fonds d'investissement depuis fin janvier 2014 dont le siège est au Luxembourg. : le QAFIP qui vient de se porter acquéreur du Pullman Paris La Défense. Je ne crois pas que cela soit pour héberger les missions militaires qataries à Paris... Venons-en aux Rafale. Depuis janvier 2011, l'armée de l'air qatarie a lancé une consultation pour le renouvellement de sa flotte de chasse de Mirage 2000-5s. L'Eurofighter Typhoon, le F-35 deLockheed Martin et le Boeing F/A-18E/F Super Hornet de Boeing servent de lièvres. La vraie compétition a lieu entre le F-15E de Boeing et le Rafale de Dassault. La décision attendue fin 2012 traîne, comme il est habituel sur ce type de contrats. Le ministre Jean-Yves Le Drian est déjà venu cinq fois à Doha depuis 2012, c'est vous dire que nous surveillons ce contrat comme le lait sur le feu mais il faut admettre que cela reste indécis. En juin 2014, le Président Hollande a défendu le dossier auprès de l'Emir Tamin. Mais les jeux restent très ouverts. Mon opinion est que les qataris vont acheter des Rafale en majorité, avec un lot de consolation pour Boeing.

L'ancien commando de marine s'arrêta là dans son exposé, surpris d'avoir parlé aussi longtemps.

Malik but son troisième café, le temps de laisser respirer l'attaché militaire, puis relança :

- Et les intermédiaires et messieurs 'bon office'; ils aident ou ils compliquent le jeu ?

- Ce n'est pas à vous que j'expliquerai que ces méga-contrats d'armement sentent le souffre. Trop de pognon en jeu. Malgré son immense fortune, la famille royale laisse prospérer un quarteron de 'go between' qui se graissent la patte. Le lobby des Dassault et Boeing se fait officiellement mais surtout dans les salons des palaces de Doha et de Paris, sans compter les comptes off shore… Je dirai que les intermédiaires sont comme les poissons rémora sur le requin, inutiles mais indélogeables, on doit faire avec.

- Pensez-vous que ces intermédiaires pourraient aller jusqu'à se livrer à des provocations pour compromettre la concurrence ? demanda Malik.

- Des provocations comme quoi ?

- Des menaces sur des intérêts français faussement attribués au Qatar pour provoquer une crise diplomatique, par exemple.

- Non, les règles du jeu sont plus celles du poker. Celui qui mise le plus, ou qui connaît les cartes de son adversaire, gagne. Les seuls qui pourraient jouer avec le feu, se livrer aux montages que vous évoquez, ce sont les israéliens mais leurs intérêts vitaux ne sont pas en cause tant qu'ils reçoivent officieusement des assurances de la part des américains sur la supériorité nominale de leur armement. Les russes, oui, aujourd'hui, ont peut craindre tout d'eux, mais ils sont ici loin de leur base, et je ne vois pas bien l'enjeu. Non, je ne crois pas à des coups aussi tordus sur ce contrat. N'oubliez pas que nous sommes engagés dans une coalition avec les Etats-Unis pour éradiquer Dah'ech et Al Nosra de Syrie et d'Irak.

Malik ne voulut pas être plus explicite sur ses soupçons et remercia vivement le colonel avant d'aller se changer à l'hôtel pour la réception du soir. Amusant, le pas de tirailleur oral du militaire après avoir baguenaudé sur des chemins de traverse dialectique avec le 'Langues O'.

36 - Coquetel chez l'ambassadeur

Malik n'avait emmené qu'un costume mais par chance le meilleur, celui qu'il portait pour les remise de décorations, vœux du patron, mariages et enterrements. Sa cravate noire ferait l'affaire « espérons que l'on ne me prenne pas pour un extra » se moqua-t-il. L'hôtel disposait de brosses à chaussures électriques et il tira le meilleur parti de ses chaussures André, repensant aux mocassins souples comme des gants de chevreau portés par l'éminence grise déchue de Jean-Lucien Fourcade.

Boucher avait revêtu un smoking d'uniforme formé d'un caraco sur une chemise empesée ornée d'un nœud papillon et d'un pantalon de satinette noir orné d'un galon de velours noir. Curieux, se surprit Malik, pas du tout l'uniforme réglementaire. Le colonel ressemblait à un militaire de théâtre de boulevard ainsi malgré l'impressionnante rangée de décorations toutes authentiques qu'il arborait sur son coffre thoracique bombé comme une futaille.

- Bien venu ! lui lança le pimpant attaché militaire Restez avec moi, au moins au début, je serai votre cicerone, intima-t-il.

La terrasse intérieure de l'ambassade, fermée par les blockhaus extérieurs de béton, était décorée de lampions et d'orangers en pots. Un kakemono, portant le sigle d'Unifrance, annonçait en français, anglais et arabe, le Festival français du film de Doha 2015 avec la frise des logos des sponsors en cartouche.

La faune habituelle d'artistes en mal de commande, de scribouillards en mal d'inspirations, d'anciennes beautés, maniant leur pashminas avec la ductilité d'une Isora Duncan, de beaux hommes trop bronzés pour être dans les affaires, de journalistes affairées comme des fourmis ouvrières, de jeunes coopérants exhibant la tenue obligée de chemise écrue sur un jean impeccable avec des foulards Paris-Dakar. Quelques jeunes étudiants français invités par l'attaché culturel pour faire masse, restaient groupés, un foulard palestinien sur les épaules pour 'faire genre'. Les officiels qataris déambulaient, une orangeade à la main, en costume traditionnel : thawbs immaculés portés sous des bishts frangés de fil d'or véritable, keffiehs maintenus par des agals également brodés d'or, ou superbes costumes occidentaux, tous arborant des montres de la valeur de sa paye annuelle pensa Malik, se sentant déclassé dans ce bal d'élégances. Que des hommes, aucune femme. Si, finit par remarquer Malik, une jeune beauté en abbaya de soie prenant des libertés avec le hijab par une taille très marquée qui faisait ressortir ses hanches et sa ferme poitrine.

L'assistance de quelques dizaines de personnes marchait d'un mouvement circulaire, lentement pour faire durer la trentaine de pas qui les ramenait d'une extrémité à l'autre de la terrasse, procession bruissant de paroles légères, comme un banc de poissons, se déformant et se reformant, souplement, par des esquives et des pas chassés.

L'ambassadeur de France parut enfin, brisant la vague molle de la petite foule tel le requin entrant dans le banc de poiscaille qui s'affole puis se reforme benoîtement. Il se dirigea rapidement, de ses petites jambes actives dans un mouvement de bielles, vers la petite estrade encadrée du kakemono et du drapeau tricolore flanqué des drapeaux européens et qatari. L'estrade permit au court diplomate de dominer d'une tête l'assistance. Certains hommes qataris mesuraient plus d'un mètre quatre-vingt comme la lignée Al Thani.

La queue de comète de l'ambassadeur formait une décoration de putti autour de l'ambassadeur. Malik reconnut Soufi en service commandé, arborant la mine fermée d'un paroissien s'embêtant. Le premier conseiller aussi, l'air extatique d'une premier de la classe attendant son lot de livres. D'autres aussi qu'il ne connaissait pas. Un homme d'une cinquantaine d'années, le regard sans repos contractant avec sa bouche molle, son front dégarni de fêtard parisien collé de quelques cheveux, adressait des brefs clignements d'yeux, des huitièmes de sourire, à des invités qui se rengorgeaient de la faveur d'avoir été désignés à tous de sa faveur.

L'ambassadeur pérorait, inconscient des signes cabalistiques échangés par son hôte qui semblait presque le tourner en dérision par ses conciliabules muets. Une accorte attachée de communication joua des fesses pour se glisser jusqu'à lui et lui glisser une page contenant probablement le texte de son intervention.

Prenant son élan sur un propos de remerciements de l'ambassadeur, l'important inconnu, serra la main de l'ambassadeur, et monta à son tour, toutes dents dehors, sur l'estrade.

Jean-Paul Salomon, le directeur d'Unifrance puisqu'il s'agissait de lui, remercia l'ambassadeur et, s'excusant, en français, de ne pas parler arabe, passa sans transition à l'anglais, afin dit-il « de pouvoir se faire comprendre de ses amis qataris », ce qui laissait entendre, fort impoliment, que ces derniers n'avaient compris que couic aux propos de l'ambassadeur tenus, comme il est séant au représentant de la France, en français. Avec l'aplomb d'un commis voyageur, le promoteur du cinéma français se félicita, remercia, exalta, se réjouit, cita, prudemment, les noms de l'actuel et de l'ancien Président de la république, encensa « l'action éclairée et ambitieuse » de SAR Tamim ben Hamad Al Thani, l'Emir du Qatar et de sa sœur, la Sheikha Al-Mayassa bint Hamad bin Khalifa Al-Thani énuméra les cinéastes et acteurs français présents au festival du cinéma français de Doha. Il appela alors à le rejoindre, auprès de la tribune   Abderrahmane Sissako, le réalisateur mauritanien de Timbuktu, aussi appelé Le Chagrin des oiseaux, « le film très remarqué au dernier Festival de Cannes » dont la distribution au Qatar était encore en discussion.

Il salua ensuite la « très belle et énergique » Fatma Al Remaihi, la directrice générale du Doha Film Institute, présente au premier rang, habillée d'une superbe mais très stricte abbaya noire, la tête voilée d'un hijab, puis réussit à prononcer presque correctement le nom de quelques cinéastes qataris 'labellisés DFI' : Youssef al Mohadhadi, le lauréat du Ajyal 2014, le festival de films pour les jeunes. Il salua la présence de Bader Ben Hirsi, le cinéaste anglais né au Yémen, habitué des festivals avec son film A New Day in Old Sana'a dont le film de 2005 était programmé à Doha en signe de modernité.

Emmanuel Soufi, qui avait filé à l'anglaise après avoir fait tapisserie lors du discours de l'ambassadeur, avait rejoint Malik et lui commentait à l'oreille les propos du promoteur du cinéma français : « Le DFI, le Doha Film Institut, a été créé en 2010 par la Sheikha Al-Mayassa qui devrait apparaître bientôt une fois les pontifiants discours achevés. Le DFI a financé la production de l'adaptation du Prophète le roman de Khalil Gibran avec Salma Hayek, l'épouse de François-Henri Pinault, dans le rôle principal et Roger Allen, le metteur en scène du Roi Lion. Unifrance espère qu'Alain Delon va se montrer. Il est en promotion en ce moment à Doha comme égérie d'Eau sauvage de Dior mais avec cette star susceptible, rien n'est certain. La dircom d'Unifrance devait lui confirmer la présence de la Sheika pour qu'il daigne descendre de son Olympe. »

Lui désignant Jean-Marie Marwah, en smoking, qui parlait d'un air de conspiration avec un officiel qatari, Emmanuel Soufi, potina : « Il vient de se faire plaquer par sa femme. Pour exprimer sa déprime, il écrit des haïkus, au dos des dépêches diplomatiques. Comme je les reçois ensuite, j'ai la primeur de son inspiration du jour. Vous savez, tous les diplomates français, se rêvent en Claudel ou Saint-John Perse… »

Les discours des officiels achevés, les invités rompirent la haie d'honneur et se précipitèrent, qui vers un important pour lui vendre un projet ou le simple bénéfice de pouvoir se faire photographier en sa présence afin de prétendre ensuite être de ses intimes, qui vers son patron pour lui faire escorte servile. La masse des anonymes, dont Malik, se dirigea d'un pas faussement désinvolte vers le buffet. Les VIP attendaient sur la promenade que les serveurs leur présente des plateaux.

Le coquetel prit son rythme de croisière, bruissant de propos mêlés de français, anglais, arabe. La rumeur confuse des voix se déployait sur plusieurs registres. Alto des starlettes arabes aux yeux démesurément marqués au khôl habillées à l'occidentale, haute-contre de prétendant comédiens pour la plupart en tenue du golfe : thawb immaculés et Ghutrah ; quelques apprentis metteurs en scène arborant crânement des casquettes de rappeur et des jeans comme des adolescents de banlieues parisiennes. Les affaires se traitaient en mode baryton voire basse par des hommes d'âge mûr. Les diplomates français péroraient sur un timbre ténor.

Malik fut abordé par un français, à l'accent faubourien, qui « désespérait de bavarder avec un compatriote » et l'entreprit sur son métier d'agent sportif, achetant des joueurs de football pour les clubs qataris. « Vous imaginez cela, ils ont vingt clubs professionnels au Qatar ! Chaque sheikh veut le sien ! C'est l'eldorado ici ! » s'enthousiasma le maquignon. Malik eut quelque mal à se libérer du prolixe importun.

Abandonné par Emmanuel Soufi qui avait entrepris de séduire l'accorte directrice de la communication d'Unifrance, ayant achevé son cinquième tour giratoire de l'étroite terrasse intérieure de l'ambassade, Malik se prépara à partir quand un mouvement rompit la chorégraphie des orbes des invités.

La Sheikha Al-Mayassa fit son apparition. Un secrétaire factotum ouvrait la marche pour ouvrir le flot des invités, tel Moïse la mer rouge. Fermant le cortège, un garde du corps statuaire en costume occidental surplombait d'un regard circulaire la foule. Plus facile pour dissimuler un holster pensa Malik. L'ambassadeur de France se précipita avec des mines extatiques vers la sœur de l'Emir. Celle-ci, souriante, était vêtue d'une abbaya et d'un hijab de soie noire. Elle tendit gracieusement la main au diplomate, l'honorant de quelques mots en français.

Le premier secrétaire, dérangé dans ses travaux d'approche amoureuse, avait repris son office de héraut auprès de Malik. « Elle parle un peu français, ayant passé un an à Sciences Politiques Paris. Comme tous les al Thani, c'est une francophile sincère. »

L'ambassadeur présenta le directeur d'Unifrance à son altesse royale la princesse. Celui-ci fit son compliment courtisan et ampoulé sur « la politique culturelle exemplaire de promotion du cinéma du Qatar incarnée par la Sheikha et le Doha Film Institute ». La puissante mécène remercia d'un sourire le flagorneur VRP.

Alerté sur la venue de la princesse, on vit arriver quelques minutes plus tard, Alain Delon. Malik, dont l'adolescence avait marqué par les films du dimanche soir à la télévision sur le petit poste noir et blanc dans le salon du F2 HLM de ses parents, avait gardé l'image séduisante des films Le Samouraï ou Le Flic, tarda à reconnaître l'acteur vieilli et empâté. Sa photo prise sur le tournage de La Piscine ventant le parfum Eau sauvage avait figé dans l'esprit du policier l'éternelle jeunesse de l'acteur ; Malik fut presque désemparé de l'apparition du fantôme de son souvenir.

Alain Delon se dirigea d'un pas ferme, le regard droit, vers la sœur de l'Emir à qui, faute d'oser lui faire la bise, il appliqua un baisemain à l'ancienne. Les photographes immortalisèrent ce geste galant et habillement courtisan. La Sheika saisit des deux mains ensuite celle du vieux séducteur et s'engagea dans un pépiant aparté comme deux vieux complices heureux de se retrouver après une trop longue absence.

« Un peu plus, il lui baisait la babouche » lâcha, caustique, Emmanuel à l'oreille de Malik.

Avec une pudeur de jeune fille, l'ambassadeur s'était statufié, à deux pas respectueux, du couple glamour mais suffisamment prêt pour rester dans le cadre des photos.

Les deux étoiles, s'étant congratulées, se séparèrent pour reprendre leur orbite naturelle pour quitter la réception. L'acteur français eut l'à-propos de laisser la représentante de la dynastie s'éclipser la première accompagné de force révérences du diplomate jusqu'au seuil de l'ambassade. Il daigna signer quelques autographes et se faire photographier avec des groupies puis quitta également la réception.

Si certains officiels partirent, l'entrain des autres invités qui avait baissé d'un ton pour ne pas déranger la rencontre entre l'acteur et la puissante princesse, reprit son plein. Excités d'avoir assisté à une rencontre dont ils pourraient faire étalage pendant quelques semaines dans les dîners en ville, les invités pillèrent les restes du buffet et épuisèrent les bouteilles de champagne.

« Nous devrions en profiter pour saluer l'ambassadeur » suggéra le Premier secrétaire entraînant Malik du bras.

Malik se présenta, informant brièvement le chef de poste diplomatique, de sa fonction et de sa mission.

L'évocation, à mots couverts, de l'enquête de la DGSI sur l'éventuel soutien du Qatar aux mouvements musulmans fondamentalistes, irrita le diplomate qui lâcha : « Tout cela est de l'histoire ancienne. Il faut arrêter ce 'Qatar bashing'. C'est mauvais pour les intérêts français au Qatar. »

Malik ne pouvait évoquer en public le vrai sujet, celui de la négociation du contrat des Rafale et donc remercia, à tout hasard, l'ambassadeur de son accueil.

« Bon, j'aurais assisté à une comédie mais pas appris grand-chose » pensa Malik en quittant l'ambassade pour rejoindre son hôtel.

37 - Le marchand d'armes

Malik passa à l'ambassade tôt le matin. L'attaché militaire le colonel Florent Bouchet crut qu'il venait lui faire ses adieux :

- Vous allez me manquer. Je manque de visiteurs avec qui je puisse parler boutique ici à Doha. On doit se méfier de tout le monde mais cela vous devez le savoir.

- Non, je ne rentre pas tout de suite. Je dois encore tirer un fil ici, répondit Malik, et j'ai besoin de votre aide.

- Bien volontiers mais je crains de vous avoir dit tout ce que je savais sur les liens entre le Qatar et les mouvements fondamentalistes. Suite aux attentats à Paris, le Diwan va accélérer le ménage et passer sous le tapis les traces de leurs 'liaisons dangereuses'.

- Oui, je sais qu'une chape de mensonge va couvrir l'émirat pour quelques temps. La réconciliation forcée avec l'Arabie saoudite en novembre dernier a engagé l'aggiornamento de la diplomatie qatari, ses velléités de prosélytisme sont temporairement rognées par les événements du 7 février à Paris.

- Temporairement ? se surprit le militaire.

- Le temps des barbouzeries est long car nous sommes le révélateur chimique de glissements de terrains géostratégiques. De la tectonique de plaques, en quelque sorte.

- Fichtre ! Vous avez un langage fleuri ce matin. L'ancien légionnaire que je suis n'y comprend rien.

Malik lui sourit en connivence.

- Bon. Ce qui me serait TRES utile, serait que vous me donniez le nom de l'intermédiaire qatari représentant les intérêts du groupe Dassault ici à Doha. Le plus actif, j'entends, car ils doivent faire   flores ici les intermédiaires…

- Al-Maftouh Saud Rashid est le plus actif. Je dirai même incontournable. Il a pignon sur rue ici avec sa société Qatar Exim. Ses bureaux sont dans le quartier d'affaires, à dix minutes de marche à pied de l'ambassade. Je peux aisément vous obtenir un rendez-vous mais ces marchands d'armes sont, comme les prêtres et les médecins dont ils pourvoient les professions, des tombes, il ne vous dira rien.

- Mon but n'est pas de le faire parler mais de jeter une pierre dans le marigot et de voir bouger les crocodiles.

- Si c'est de la provocation, je me dois de vous mettre en garde. Al-Maftouh Saud Rashid est proche de la famille régnante, pas par le sang mais par des business croisés avec des cousins, petits-cousins, et cetera de l'émir. C'est comme cela que cela marche ici. Clanique comme en Corse.

- Ou en Calabre… Je sais. Mais vous m'obligeriez en le faisant rencontrer al-Maftouh Saud Rashid.

- Bon mais essayez d'y aller avec tact. On est en pleine négociation du contrat des Rafale. S'il se braquait, je saute et vous aussi. D'ailleurs je ne me demande bien pourquoi je vous aide sur ce coup aussi tordu !

- Parce que vous êtes un ancien commando parachutiste, répondit avec un large sourire Malik, que vous savez des choses que vous ne voulez pas me dire mais que vous souhaitez que j'apprenne par moi même.

Le soldat bougonna et prit son téléphone. En quelques minutes il avait joint le secrétariat du puissant al-Maftouh Saud Rashid qui proposa à Malik de venir prendre le café à onze heures le matin même.

Malik passa ensuite voir son complice le Premier secrétaire.

- J'ai réservé sur un vol demain matin tôt. Je voulais te remercier pour ton accueil et la qualité de ton briefing. Je ne sais pas si je te reverrai avant mon départ. Tu as mon téléphone personnel. Viens dîner à la maison quant tu es de passage à Paris. Cela fera plaisir à mon épouse de te rencontrer.

- Volontiers ! répondit Emmanuel Soufi en lui serrant chaleureusement la main.

Malik abandonnait sa main dans celle du diplomate comme s'il recherchait dans sa mémoire un oubli. Emmanuel attendit.

- Au fait. Je vais avoir quelques rendez-vous un peu olé olé aujourd'hui. Si cela tournait mal, tu ne sais rien mais je te laisse cette clé USB. C'est un double de mon enquête ici. Je l'ai complétée cette nuit. Je n'ai pas confiance dans le réseau internet de l'hôtel. S'il m'arrivait quelque chose, fais la transmettre par le service de cryptage de l'ambassade à la DGSI. J'ai oublié de la remettre au colonel Boucher tout à l'heure.

Le diplomate cessa de sourire. Il prit la clé silencieusement.

- Bon, hasta luego donc, blagua maladroitement Malik. Au fait, tu as conclu avec la dircom d'Unifrance hier soir ?

- Non, une vraie Shéhérazade. On a parlé toute la nuit mais j'étais ensuite si fatigué que je suis allé me coucher, répondit plaisamment le 'Langues O' en faisant le Pierrot.

Les bureaux de Qatar Exim étaient situés dans un immeuble d'acier et de verre rutilant sous le soleil implacable dans le quartier chic d'al Dafna. La violente climatisation saisit, à son entrée dans le hall, d'un frisson Malik qui avait parcouru les quelques centaines de mètres depuis l'ambassade à pied sous un soleil presque zénithale. En sueur après quelques pas seulement, il se sentit idiot, seul passant sur les impeccables trottoirs déserts, croisant les Rolls-Royce et Bentley qu'il avait cessé de compter depuis son arrivée car il avait compris qu'ici, au Qatar, c'était banal. Aucun occidental ne marche au Qatar. Seuls les travailleurs pakistanais marchaient, c'est tout dire.

Un gardien occidental fit passer Malik par un sas magnétique et étudia longuement sa pièce d'identité. Il lui donna ensuite le sésame pour accéder à l'hôtesse qui siégeait telle une vestale derrière une énorme banque de marbre noir.

Un autre gardien, accompagna Malik dans l'ascenseur qui les conduisit en un instant au vingt-cinquième étage. Malik dut faire antichambre, le garde du corps restant debout, les mains croisées devant ses parties nobles comme un footballeur formant le mur avant un penalty.

- Un vrai 'man in black', on se croirait dans une série B américaine, s'énerva Malik devant cette sollicitude.

Les dix minutes de frigidaire dûment écoulées, la porte d'ébène s'écarta pour laisser le passage à une beauté qatarie voilée, le corps dissimulé d'une stricte abbaya, qui, sans un mot, s'inclina légèrement, en une invite à la suivre.

« Encore une houri qui porte du Victoria secret sous sa robe austère » pensa Malik qui emboîta le pas à la gazelle.

Al-Maftouh Saud Rashid se leva pour contourner son superbe bureau Louis XV, certainement un authentique Riesener, et vint à sa rencontre, le saluant d'un très neutre serrement de main à l'anglaise. La cinquantaine passée, l'intermédiaire était habillé à l'occidentale d'un superbe costume de soie grise, porté sur une chemise de batiste légèrement ivoire agrémentée d'une cravate Brooks brothers, estima Malik. Une superbe montre, Patek Philippe au poignet orné de boutons de manchette Charvet. Malik se surprit de pouvoir reconnaître ces marques mais se souvint d'avoir feuilleté les publicités très ciblées vers la clientèle du golfe de la revue Air France quelques jours auparavant. Habillé comme le cadre d'une banque d'affaires américaine s'adressant à Malik dans un amércain fluide sur le ton d'une discussion d'affaires.

Le bureau occupait la moitié de l'étage de l'immeuble. Ses trois baies vitrées immenses ouvraient sur la mer où d'énormes barges bâtissaient une île artificielle pour la coupe du monde de football.

Après quelques brèves civilités, l'homme d'affaires invita Malik à s'asseoir à une table basse ornée de pierres semi-précieuses. Un travail italien de la renaissance, apprécia Malik.

- Que puis-je pour vous monsieur Benamar ?

- Connaissez vous monsieur Alexandre Ziad ? demanda tout de go Malik espérant déstabiliser son interlocuteur par une question aussi directe et inopinée.

Al-Maftouh Saud Rashid laissa un instant en suspens sa réponse sans qu'un muscle de son visage ne frémisse. Seul le ton plus dur de sa voix le trahit.

- Non, je devrais ?

Comme un bon joueur de poker, al-Maftouh Saud Rashid relançait pour obliger Malik à dévoiler son jeu. Simple bluff ou soupçons fondés, il voulait voir ce que ce flic avait dans le ventre.

- Alexandre Ziad intervient sur le dossier des Rafale et comme vous êtes ici un passage obligé, vous devez le connaître, tenta Malik qui espérait que la DGSI avait pu maintenir la consigne d'embargo médiatique sur le suicide organisé de l'intermédiaire français. Si al-Maftouh Saud Rashid état informé de son décès, alors que la nouvelle n'était pas publique, ce serait un premier indice.

- Je n'interviens pas sur le dossier des Rafale. Le dossier est traité par les plus hautes autorités du Diwan et, vous n'êtes pas sans le savoir, par la Présidence de la république française chez vous, donc vous êtes mieux placé que moi pour en connaître. Vous devriez vous en entretenir avec Son Excellence monsieur l'ambassadeur Cavalier, pas avec moi.

La menace d'un incident diplomatique causé par le zèle excessif du policier était implicite. La fonction de Malik lui était connue de par l'entremise de l'attaché militaire pour la prise du rendez-vous.

Malik décida de brûler ses vaisseaux.

- Vous avez peut-être appris par la presse l'assassinat, il y a quelques semaines, de Mustapha Khos, l'ambassadeur représentant le Conseil national syrien en France. L'ambassadeur avait réuni des preuves sur l'utilisation d'une partie des rétro-commissions sur les ventes d'armes françaises au Qatar pour le financement de filières djihadistes. Voila pourquoi nous nous intéressons aux contacts de monsieur Alexandre Ziad, ici au Qatar.

- Je vais devoir vous demander de partir, monsieur Malik. Je n'ai rien à vous dire. Et je vais devoir alerter les services du ministère de l'intérieur du Qatar sur vos accusations scandaleuses. Les déclarations de votre ministre des affaires étrangères, Laurent Fabius, exonèrent le Qatar de ce procès en sorcellerie islamiste. Tout cela c'est du Qatar bashing. Je me surprends qu'un officier de police y prête la main. Vous vous en expliquerez avec votre hiérarchie. Adieu, monsieur.

Al-Maftouh Saud Rashid se leva sans saluer Malik et appela sur l'intercom sa secrétaire pour qu'elle raccompagne l'intrus.

Malik fut chassé de l'immeuble comme un placier indésirable. Il se retrouva sur le trottoir inondé de lumière. La chaleur du mitan formait des ondes sur les pierres surchauffées.

« Me voila comme Tintin au pays de l'or noir, au milieu des mirages. Non, je ressemble plutôt aux Dupont. Je me suis fait botter le derrière. Encore une visite de ce type et je vais me faire expulser du Qatar » pensa in petto Malik qui décida malgré tout de poursuivre son investigation. « Et maintenant, retrouvons la belle Amirah Arhab ! »

Malika avait noté l'adresse des bureaux d'Al Jazeera à Doha ; il héla un taxi pour s'y rendre. Dans le taxi, il se concentra sur les paroles à prononcer pour faire parler la journaliste. Par réflexe professionnel, il vérifia si le taxi n'était pas suivi. Une Mercedes aux vitres teintées retint son attention. Il demanda au chauffeur de faire un tour complet du pâté de maisons suivant. La Mercedes les filait toujours. Malik décida de ne pas se laisser dissuader et il envoya un sms au colonel Boucher en lui demandant de lui envoyer une voiture de service de l'ambassade avec un garde du corps pour aller le rechercher une heure plus tard au siège d'Al Jazeera.

Malik s'engouffra dans le hall de la tour abritant les bureaux d'Al Jazzera. Il demanda à l'hôtesse d'accueil à rencontrer si elle était présente Amirah Arhab ou à lui parler. Il se présenta sous la fausse identité d'un monsieur Paul Martin, journaliste français de passage à Doha. Quelques minutes suffirent à le mettre en contact avec la journaliste.

- Malik ? Que faites-vous à Doha ? s'alerta la journaliste.

- Je passais. Une visite de routine. Et comme vous êtes une des rares personnes que je connaisse à Doha, je me disais que l'on pourrait déjeuner ensemble, lança d'un ton dégagé Malik.

- Je ne suis pas au bureau, je suis chez moi. C'est un peu inattendu et impromptu pour un déjeuner, vous ne croyez pas ?

- Je peux vous attendre ici, dans le hall. Doha ce n'est pas si grand. Vous pouvez peut-être me rejoindre rapidement.

La journaliste pesait chaque mot de Malik, cherchant l'option la plus favorable pour elle. Elle était dans son bureau quelques étages au-dessus et se reprochait d'avoir pris l'appel trompé par le stratagème basique de Malik. Le mieux était de gagner du temps, de concéder un dîner auquel elle ne se rendrait pas.

- Ecoutez. Pour déjeuner, c'est trop 'short notice'. Pourquoi ne pas dîner ensemble ? Combien de temps restez-vous à Doha ?

Malik ayant répondu qu'il partait le lendemain même, la journaliste feignit le regret et proposa un rendez-vous à son hôtel en fin de journée d'où elle l'emmènerait dans un 'restaurant authentique'. Malik, conscient de l'échappatoire, décida de brusquer la jeune femme.

- Ce soir, c'est un peu compliqué pour moi. Il faut que je finisse un rapport de mission. En fait, j'aurais voulu vous poser quelques questions sur Alexandre Ziad et sur ses liens avec le Qatar .

L'attaque était brutale mais sotte, Malik le savait. Il n'obtiendrait d'elle aucun aveu mais la douleur de la perte de ses parents lui fit désirer se venger en menaçant la sécurité de la journaliste.

La voix de la journaliste blanchit au téléphone.

- Alexandre Ziad. Pourquoi voulez-vous me parler de lui ? Je le connais à peine. J'ai du le croiser dans quelques réceptions.

- Nous savons que vous êtes intime avec lui, madame Arhab et ce que nous souhaiterions savoir c'est qui est votre contact au sein du ministère qatari de la défense.

La journaliste se savait piégée mais aussi que Malik ne pouvait rien contre elle sur le territoire qatari. Elle décida de rompre cet échange et raccrocha sur quelques paroles hâtives.

- Nous n'avons plus rien à nous dire. Adieu !

Malik savait que sa double visite à al-Maftouh Saud Rashid et à l'ex correspondante d'Al Jazeera à Paris lui interdirait durablement un retour à Doha. Il avait consciemment détruit deux pistes. Al-Maftouh Saud Rashid était hors d'atteinte de la DGSI car protégé par l'immunité diplomatique procurée par ses liens avec la famille al Thani. Quant à la journaliste, elle était persona non grata en France et n'y remettrait plus jamais les pieds. L'objectif de Malik n'était, en réalité, pas de faire avancer l'enquête mais de faire croire à al-Maftouh Saud Rashid et à la journaliste que la DGSI avait des preuves sur le financement des djihadistes français par les rétro-commissions et que ces preuves pointaient sur eux, alors que le service n'avait que des soupçons, rien de tangible, et que les poursuites des atteintes à sa propre sécurité et celles de sa famille causerait un scandale d'Etat.

Malik décida d'ajouter un élément supplémentaire de dissuasion. Il appela un journaliste français free lance, croisé lors de la réception chez l'ambassadeur, et lui donna rendez-vous à son hôtel à quinze heures.

Au journaliste, Malik expliqua la piste d'un financement des réseaux djihadistes français par les rétrocommissions et la très grande nervosité des autorités françaises et qataris compte tenu de la négociation en cours sur l'achat probable de Rafale par le Qatar. Il indiqua le nom d'Alexandre Ziad sans préciser qu'il avait été suicidé, évoqua le départ précipité de la journaliste d'Al Jazeera et pointa vers al-Maftouh Saud Rashid.

- Vous ne pourrez pas me citer, cela va de soi mais si vous faites votre travail d'investigations vous aurez de quoi intéresser Le Canard enchaîné ou Rue 89.

Le journaliste était conscient que 'c'était du lourd' et il conduisit une enquête sérieuse qui aboutit deux semaines plus tard à la publication d'un bref papier dans Le Canard enchaîné titré 'Les rétrocommissions sur les ventes d'armes au Qatar, financement occulte des filières djihadistes'.

La rumeur autour d'un scandale d'Etat agita en quelques heures la blogosphère.

38 - Mensonge d'Etat

Les révélations du Canard enchaîné sur un possible 'mensonge d'Etat' autour de preuves de l'implication effective du Qatar dans le financement de filières djihadistes en France vinrent, opportunément donner au parti Les Républicains et au Front national, motif de rompre l'unanimisme obligé créé par les manifestations du 11 janvier. Le regain de popularité du Président de la république et sa stature présidentielle, enfin reconnue, semblait à certains opposants politiques, sinon illégitime, du moins plus le fait des événements que de son mérite propre et il était urgent, pour eux, de saper cette autorité nouvelle. Les cavaliers légers portèrent les premiers coups, testant la réaction du peuple à leurs piques avant que les hiérarques ne s'engouffrent dans la brèche où battent en retrait au gré des sondages. L'agora internet bruissait de rumeurs, polémiques, cabales. La surinformation saturait les esprits des français comme un repas trop riche épuise les organismes.

Le Qatar avait anticipé quelques turbulences dans la belle entente cordiale avec la France et remplacé en 2014 son ambassadrice en France par le demi-frère de l'émir, Meshal Hamad Al Thani. Le nouvel ambassadeur dut faire moult démentis officiels : «Il faut être clair, le Qatar ne finance ni ne soutient aucune organisation terroriste».

Le pouvoir en place battit le rappel mais, de manière surprenante, mais en apparence seulement, un renfort lui vint du camp adverse. Le Qatar se vit affirmé « grand ami de la France » par les autorités en place, par celles d'hier et par celles qui se rêvaient être celles de demain. L'ancien Président Nicolas Sarkozy mouilla la chemise pour mentonner mais commettant un extraordinaire lapsus radiophonique : « Vous croyez que François Mitterrand, Jacques Chirac, moi-même hier, François Hollande aujourd'hui on aurait cette politique d'amitié avec le Qatar si nous pensions que le Qatar c'était *uniquement* le financeur du terrorisme ?». L'ancien Premier ministre Dominique de Villepin vint affirmer sans vergogne que « mieux valait les monarchies autoritaires du Golfe que le risque de déstabilisation », la chienlit aurait dit le Général. Laurent Fabius, le ministre des affaires étrangères apportait sa voix à cet émouvant concert : « Nous avons fait faire par nos services des enquêtes précises (sur les accusations de financement du terrorisme par le Qatar) qui ont montré que ce n'est pas exact ».

Le front uni de la classe politique française respectable marginalisa les quelques responsables continuant à s'interroger à haute voix sur les relations troubles du Qatar de la France comme Bruno le Maire, Nicolas Dupont-Aignan, gênés de se retrouver isolés en la douteuse compagnie de Marine Le Pen. Les énormes moyens de pression médiatique des amis du Qatar et l'inconstance de l'attention publique étiolèrent rapidement la polémique qui sortit des premières pages pour prospérer seulement sur les blogs de journalistes indépendants et, malheureusement, des sites de désinformation reconnue, décrédibilisant l'hypothèse.

L'assassinat mystérieux car non expliqué et non revendiqué de l'ambassadeur revint brièvement dans les revues de presse spécialisées sur la guerre en Syrie suite à une information sortie par le site poutinien La voix de la Russie, ex Radio Moscou : l'attentat aurait été « selon certaines sources non vérifiées, perpétré par le Mossad pour porter atteinte aux efforts de médiation de la Russie pour une solution diplomatique au conflit syrien ». Cet hoax, repris, commenté, déformé fit florès sur les sites pro-russes, antirusses, anti-israéliens, antisémites, libertaires et gauchistes et même nationalistes.

Malik suivait les mouvements d'humeur de la blogosphère avec lassitude. Tout ce charivari n'apportait rien à son enquête mais l'obligeait à dépouiller des pages et des pages web où la même information, invérifiée, invérifiable, faisait des révolutions telle une comète sur la toile et devenait vérité révélée au bout d'innombrables reroutages sur la toile.

Depuis son retour du Qatar, il se sentait désabusé comprenant que son enquête était terminée, que jamais il ne pourrait identifier et punir les assassins de ses parents. La menace sur son épouse, ses enfants et lui-même, il pensait l'avoir écarté par l'assurance vie que constituaient les preuves à charge sur le financement de filières djihadistes par une partie des rétro-commissions.

Al-Maftouh Saud Rashid avait parfaitement compris que Malik jouait sa propre partition en le menaçant de produire des preuves. Le bruit médiatique autour du seul soupçon, non démontré, avait suffisamment démontré qu'il était dans l'intérêt des marchands d'arme de se retenir de toute représailles. Malik avait, il ne se l'avouait qu'avec honte, conclu un deal implicite avec les intermédiaires français et qataris impliqués : il garderait secret le dossier des preuves recueillies dans le cadre de son enquête contre l'absence de toute atteinte nouvelle de ses proches. Malik en savait plus que sa hiérarchie de la DGSI et il avait pris le parti de mettre en veilleuse son enquête pour préserver sa propre sécurité et celle de sa famille. Le chantage mafieux avait réussi. Il était condamné au silence. Il avait trahi ses devoirs d'officier de police. Il compromettait peut-être la vie d'autres français par sa lâcheté. Il le savait et il avait honte. Il se dégoûtait et ne se jugeait plus digne de remplir ses fonctions.

L'idée de démission occupa son esprit pendant des heures. Démissionner pour ne plus mentir à ses collègues, pour ne plus les frapper dans le dos. Compromission, désertion, abandon étaient des mots rimés qu'il tournait et tournait dans son esprit tourmenté.

Madeleine le trouvait changé depuis son retour du Qatar. A son habitude, elle ne l'interrogeait pas, laissant l'homme soigner ses plaies, solitaire. Malik était pudique sur sa peine. Jamais, aussi, il ne parlait des affres de son métier. Il tentait de fermer la porte de ses démons en franchissant le seuil de sa maison. Et, quand il ne réussissait pas, il s'absentait chez lui, restant prostré devant une émission de téléréalité pour faire semblant d'être en famille. Omar, son fils ressentait avec son instinct d'enfant, la vacuité de la présence silencieuse et, par crainte mais aussi amour, ne tentait pas de briser le cercle.

Malik vécut ainsi plusieurs jours, se levant pour aller travailler, dire les mots obligés à ses collègues et faire semblant. Morel et ses autres collègues mirent sur le compte d'un contre-choc au décès de ses parents le mutisme de Malik. « Il fait son deuil; il n'est pas loin de craquer; il faut le laisser souffler » disait Morel à Madeleine « Dans quelques semaines, il sera revenu parmi nous ».

Malik rédigeait son rapport final d'enquête sur l'assassinat de l'ambassadeur Khos, reconnaissant avec une franchise complaisante, ironique même, n'avoir rassemblé aucun indice tangible sur les commanditaires permettant de les poursuivre. Les écoutes d'Alexandre Ziad et Amirah Arhab ne pouvaient être utilisées dans une procédure. Ziad était mort, Arhab planquée au Qatar. La piste était froide. Les tueurs professionnels qui avaient assassiné l'ambassadeur avaient touché leurs soldes de mercenaires. La famille Khos faisait son deuil. La Syrie restait livrée à la guerre civile qu'aucune des forces en présence ne pouvait gagner. Chacun se satisfaisait, malgré les protestations hypocrites de vouloir en finir, d'un statu quo où les enfants syriens étaient massacrés. Alep, nouveau Guernica.

Une fois de plus, Malik commença la routine de sa matinée par le dépouillement de la revue de presse interne de la DGSI qu'il avait personnalisé par quelques mots clés pour extraire les informations pour lui utiles. Notes confidentielles, reprise d'informations du web, dépêches d'agence de presse, url de vidéo ou de posts significatifs, constituaient un arlequin indigeste.

Le mot clé Amirah Arhab avait sélectionné des Big data manipulée par les ordinateurs de la DGSI un communiqué lapidaire de la chaine Al Jazeera retint son attention. Il s'agissait d'une brève notice nécrologique de Amirah Arhab « décédée dans des conditions tragiques » indiquait, sans autres précisions, l'article posté sur le blog de la chaine. Suivaient quelques phrases obligées sur la « grande contribution » de la journaliste, pas vraiment un panégyrique.

Malik envoya un télégramme crypté au colonel Boucher, l'attaché militaire de l'ambassade pour en savoir plus. La réponse lui parvint dans l'après-midi.

« Amirah Arhab s'est semble-t-il défenestrée, vers deux heures du matin, du balcon de son appartement, situé au dixième étage d'un immeuble résidentiel. La police qatarie a conclu à un suicide pour dépression, en l'absence d'indices d'une effraction de son appartement, fermé de l'intérieur » relatait le colonel, ajoutant « Je vous laisse apprécier si la thèse du suicide vous convainc. Bien amicalement et confraternellement vôtre. Boucher. »

Malik ajouta, en codicille à son rapport, la mention du décès de la journaliste estimant que la journaliste avait 'été suicidée' comme son amant Alexandre Ziad pour éliminer tout témoin de la filière d'argent salle révélée par l'écoute au Grand hotel de Cabourg. Il recommandait de classer le dossier en gardant une veille sur al-Maftouh Saud Rashid.

Morel, après une synthèse orale du rapport par Malik, en valida les recommandations et lui assigna d'autres enquêtes. « On est débordé de travail suite aux attentats récents et je ne te cache pas que je suis content que tu puisses fermer ce dossier Mustapha Khos. Je suis désolé que nous ne puissions coincer les salopards qui ont assassiné tes parents mais il y a le feu partout. Le temps que les renforts promis par le ministre Casanova nous arrivent et soient formés, on ne va pas chômer. »

Malik opina. Ses parents étaient morts et enterrés à sa grande honte de ne pouvoir châtier les commanditaires ni les exécutants. Lui, le policier de la république dont son père était si fier, exposant dans la vitrine du petit salon du modeste appartement marocain, la photographie de son fils en uniforme de gala lors de se prestation de serment le jour de sa sortie de l'école de Police de Saint-Cyr-au-Mont-D'or, avait remisé dans une armoire d'archives le dossier de son enquête, acceptant l'impunité de leurs tueurs.

Non, il n'avait pas renoncé. Même si cela devait être une vendetta personnelle, il fallait que les commanditaires payent. Les amants Ziad et Arhab avaient payé mais ils n'étaient que des intermédiaires. Malik se fit le serment de ne pas renoncer. Serment sentimental, il le savait, car il n'avait rien dans les mains pour accomplir sa vengeance.

Epilogue

Bal au Quai d'Orsay

Paul Vralac, le directeur de la DGSI, fut invité à participer à un raout organisé par le Quai d'Orsay en l'honneur de la visite à Paris du ministre des affaires étrangères du Qatar son excellence Khaled bin Mohamed al Attiyah de passage à Paris. La vague de 'Qatar bashing' ayant suivi les événements tragiques de janvier à Paris avaient fort irrité le Diwan qui avait voulu prendre des gages de la résolution des politiques français des partis de pouvoir à soutenir l'amitié franco-qatarie.

La Sheikha Mozah bint Nasser al-Thani, la mère de l'émir régnant et épouse de l'ancien émir, avait elle-même fait un bref séjour privé à Paris, au retour du Vatican où elle avait présenté ses lettres de créance au pape François. La France était le pivot de la stratégie de séduction des qataris. Leur fringale de placements de la rente gazière dans les fleurons de l'industrie française n'était pas assouvie. Leur francophilie était déçue, comme celle d'un amant dépité, par la mauvaise presse qui leur était faite.

Le protocole du Quai, sur les ordres du chef de cabinet, avait battu le rappel pour faire masse lors de la réception officielle. Le directeur, un peu taquin, avait suggéré à Morel de faire représenter le service par Malik.

« Il pourra voir qui est là. Faire un peu de veille passive sur le Landernau parisien des agents d'influence. C'est fou que ce l'on apprend dans les pince-fesses et les enterrements ! » lâcha le directeur goguenard.

Malik crut à une mauvaise blague de Morel mais, après une brève irritation, il convint que cela pourrait être une pierre de plus à son enquête.

« Et puis, l'invitation est pour monsieur et madame. Madeleine pourrait trouver cela amusant de boire une coupe dans les salons d'honneur du Quai. C'est l'un des plus beaux palais de la république. La vue sur la Seine est superbe ! » se justifia Morel.

Madeleine, à la surprise de Malik, ne refusa pas; bien au contraire, elle sembla ravie de cette sortie.

« Pour une fois que tu me sors. Je vais pouvoir mettre ma petite robe noire de coquetel. »

Lui tournant le dos, Madeleine, fit, à voix haute, la liste des choses à faire avant la réception : réserver une garde d'enfants pour la soirée, prendre rendez-vous chez son coiffeur, et puis, ne pas oublier, le pressing pour le costume noir de Malik. Ce dernier était stupéfait de cette énergie méthodique pour ce qui lui était un pensum.

Madeleine intima à Malik de rentrer en début d'après-midi pour se préparer. Elle le prit en main comme un enfant, l'envoya se raser de près, se baigner. Ses chaussures étaient cirées de la veille.

Omar, tout excité, assistait aux préparatifs du bal, comme il appelait la réception du ministre, très fier que ses parents soient invités par le ministre qui passait parfois à la télévision parlant de sa voix monocorde et douce, la paupière tombante comme Droopy,

Malik fut cantonné au salon avec les enfants, dans l'attente de la 'baby sitter', pendant que Madeleine mettait la dernière touche à son maquillage. Il avait paresseusement branché la télévision sur la chaîne Gulli. Omar regardait les personnages qui le regardaient dans le bocal télévisuel car, par économie, Malik avait conservé un vieux poste à écran cathodique. Madeleine réclamait un écran plat mais Malik répliquait que la télévision était néfaste pour les enfants, ce qui n'était pas une réponse, il fallait en convenir. Omar appelait, par dérision, la vieille télé, le 'poste à galène', un peu honteux avec les copains qui passaient chez lui.

Madeleine sortit à dix huit heures trente précises de la chambre, au coup de sonnette de la jeune fille venue garder les enfants. Elle traversa le salon d'un pas altier sur ses hauts talons sous le regard admiratif d'Omar qui lui dit : « Oh, maman, comme tu es belle ! » Caroline agita les bras pour attirer l'attention de sa mère qui sourit, royale, à ses enfants.

Malik suivit des yeux cette femme presque étrangère tant elle était en effet embellie par la robe qui moulait son corps de Tanagra. Il lui semblait s'éveiller d'un long sommeil. A sa honte, il réalisa qu'il n'avait pas fait l'amour à Madeleine depuis… oui depuis combien de temps, il ne le savait plus. Leur dernière étreinte tendre datait de son séjour à Bréhat avant qu'il ne se fasse embastiller volontairement à la prison de Fresnes. Les jours et les jours de danger où il était chasseur et proie tout à la fois formaient un paysage vague de souvenirs confus, de bruits de claquement des pênes, les cris poussés par des détenus pendant leurs cauchemars, les caquetages de la réception à l'ambassade de France à Doha. Plus lointains, le bruit de l'écrasement des carrosseries lors de la tentative d'assassinat pendant son enquête sur la filière de Marcq-en-Barœul, l'assourdissement des coups de feu tirés dans la cave du HLM des Roncins, le film sonore de sa traque défilait en un instant. Sa plongée dans les abysses de son angoisse pour protéger sa famille fut interrompue par le parfum de Madeleine qui revenait accompagnée d'une jeune fille inconnue.

Madeleine avait exigé un taxi pour se rendre à la réception. Cette dépense inutile, Malik ne sut la refuser, se sentant coupable encore du taxi qu'il avait emprunté pour se rendre au Prix de l'Arc de triomphe l'année précédente à l'invitation d'Amirah Arhab, la séductrice, maintenant enterrée à Doha.

Dans le taxi, Madeleine lui prit la main sans interrompre sa triste rêverie. Elle ne tenta pas de lui parler, ne s'offusqua pas de sa passivité, de son mutisme. Elle regardait gaiement par la fenêtre du taxi, défiler les rues et les boulevards. Elle demanda au taxi de prendre par les quais parce que c'était plus beau, lui faisant faire un détour pour traverser la Seine au pont d'Austerlitz. Satisfaite, Madeleine s'absorbait dans le spectacle de Paris, droite et digne comme la reine mère, assise dans le carrosse royal, pendant le défilé du jubilé. Malik ressentit une onde d'amour pour Madeleine monter de ses chevilles vers sa poitrine, une onde de tendresse pour la mère, une onde de désir pour l'amante.

Un immense garde républicain en tenue d'apparat se tenait au bas du grand escalier de marbre, athlétique l'air vaguement indifférent, un peu las, blasé, comme l'archange de Mantegna, à la foule qu'il admettait en ces lieux, prélevant le carton monogrammé en relief des armes de la France, salua militairement Malik.

La foule emporta le couple Benamar, anonymes dans la masse des anonymes. Les rangs et le prestige des invités se mesuraient aux rosettes des hommes, aux bijoux des femmes, aux plastrons de décorations des militaires. Les qataris déambulaient du pas souple et ample des chameaux, tout sourires dans leurs superbes bishts brodés à l'or fin. Malik avait mis son uniforme de gala, les fourragères et les galons bien brossés par Madeleine.

« On est toujours chic quand on porte l'uniforme » lui avait assuré Madeleine.

Madeleine était à la fête, « une coupette » à la main, comme elle disait un peu gamine. Manifestement elle avait décidé d'être un peu pompette. Ses yeux brillaient déjà.

Le ministre fit une brève allocution, habile, de ce ton aimable, presque tendre, qu'affectent les diplomates pour souligner, par des subtiles inflexions de rythme, un mol élan, leurs compliments, transmuter les paroles les plus convenues en propos intimes, leurs coquetteries de langage ondoyant dans cette langue française si souple que leurs phrases s'enchaînent doucement comme un fleuve calme.

Malik n'écoutait pas le sens des mots du ministre. Seule l'harmonie de sa voix policée, les pointes d'humour où le ministre semblait se moquer gentiment de lui-même, les mots compliqués et riches écrits par le nègre normalien, lui parvenaient. Malik regardait l'assistance, cherchant des visages connus, des personnalités dont la présence ici aurait pu être une information utile. Il reconnut quelques députés du groupe d'amitié France-Qatar, un ancien ministre de droite qui avait créé un cabinet d'avocats, probablement ici pour faire son marché, des anciens présentateurs de télévision devenus 'communicants'. Il aperçût Christina Tenckro qu'il n'avait pas revue depuis cette nuit de novembre dernier où il avait trouvé refuge chez elle. Leurs yeux se croisèrent un bref instant. Elle se détourna la première.

« On ne sa baigne jamais deux fois dans le même fleuve » disait Héraclite. Cette nuit était du passé comme était du passé l'enquête sur les jeunes français djihadistes qui avait fait croiser son chemin avec celui de Christina Tenckro.

« Il faut laisser les morts enterrer les morts » pensa Malik se reprochant cette suite de poncifs.

Il serra la main de Madeleine et lui dit au creux de l'oreille, pendant que le ministre qatari répondait par un compliment ampoulé aux gracieusetés de son hôte : « Rentrons, j'ai envie de toi ! ».

Madeleine ne sembla pas surprise. Elle le regarda en souriant en coulisse un instant et lui répondit, mutine : « OK, mon prince charmant; mais encore quelques coupes, et tu m'offres un taxi pour rentrer ».

Sur le chemin du retour, Madeleine un peu paf se blottit dans les bras de Malik sur la banquette du taxi qui se sentait libéré comme s'il pouvait enfin faire son deuil.

Du moins le croyait-il.

Mai 2015

Glossaire

d al-Adha	Aīd al-Kabīr
d el-Kabîr	Fête marquant chaque année la fin du hajj
Dhour	sâlat de l'après midi
salamu alaykum	Bonjour, que la paix soit sur toi aussi
a alaykum assalam	Salut et réponse au salut
aouites	groupe ethnique et religieux issu du nord de la Syrie dont sont issus les Assad
em	théologien sunnite
atollah	titre d'un membre élevé du clergé chiite
smala / Bismillah	"Au nom de Dieu clément et miséricordieux" commençant des sourates du Coran
al As Sham	les pays du Levant (Syrie, Liban, Palestine)
ïd	commandant, chef de tribu
ahada	profession de foi de l'islam
aria	loi islamique
eikh	vieillard, maître, guide
éma	passage biblique proclamant l'unicité de Dieu et la dévotion du peuple juif envers le Tout Puissant
ibani	vieil homme
iisme	branches de l'islam majoritaire en Irak et en Iran
wan	gouvernement qatari
ihad	effort spirituel intérieur, par extension, lutte pour l'islam
tiha	première sourate du Coran

Fatwa	avis juridique donné par un spécialiste de loi islamique
Fez	couvre-chef, également appelé tarbouche
Fondouk	caravansérail, hôtellerie et entrepôt des marchands
Hajj	pèlerinage à la Mecque
Hâj / hâjji	musulman ayant accompli le pèlerinage à la Mecque
Halāl /hallal	ce qui est permis par l'Islam
Harām	ce qui est interdit par l'Islam
Hijab	voile islamique couvrant la chevelure
Hijrah	émigration définitive en terre où est appliquée la charia
Kâfir	mécréant, incroyant, ingrat, infidèle musulman
Kroumir	vieux chausson, par extension : réactionnaire
Kufr	mécréance, incroyance
Madrasa	écoles coraniques
Mézouza	chéma placée dans un étui à la porte d'une maison juive
Moudjahid	combattants de la foi
Nusayris	désignation méprisante des alaouites
Peshmerga	combattants kurdes
Qamis	vêtement long traditionnel
Qibla	direction de la Mecque
Râfidhites	désignation méprisante des chiites
Rakaat	unité de la prière musulmane intégrant des piliers gestuels et oraux
Ramadan	mois de jeûne
Salafisme	mouvement sunnite revendiquant un retour à l'islam des origines
Sâlat	prière musulmane
Sayyid	descendant du prophète
Sham	pays du Levant : Syrie, Liban, Palestine

eikh	Chef de tribu arabe
fer	écrit d'un passage biblique
nnisme	branche de l'islam
diyah / Takiyah	calotte musulmane de prière
rîqah	"voie" du soufisme (ésotérisme musulman)
kbir	glorifications d'Allâh
ahhabisme	mouvement politico-religieux saoudien musulman fondamentaliste
kat	impôt social islamique
qen	vieux en hébreu

Table des sigles

Partis et mouvements

Al'Nosra	branche irakienne d'AQAL
Al-Qaïda	mouvement islamiste dirigé par Oussama ben Laden
AQAL	al-Qaïda Bilad ash-Sham « al-Qaïda au Levant »
ASL	Armée Syrienne Libre, mouvement démocrate d'opposition au régime de Bachar el-Assad
Dah'ech	Daech : variante, acronyme arabe d'EI
EI / EIIL	Etat islamique en Irak et au Levant (EIIL)
Front islamique	Fusion du Front islamique de libération syrien (islamistes modérés et du Front islamique syrien (salafiste)
Hamas	mouvement de résistance islamiste palestinien
Ahrar al-Sham	fraction du Front islamique (Harakat Ahrar ash-Sham Al Islami)
Hezbollah	Mouvement chiite libanais
ISIS	forme anglaise de EEIL
Khorassan	fraction d'al-Qaïda
Khorassan	groupe djihadiste formé d'anciens moudjahidin d'Afghanistan et du Pakistan, affilié à al'Nosra
YPG	branche armée du Parti de l'union démocratique (PYD) kurde syrie

Sigles d'organismes occidentaux

CENTCOM	United States Central Command
CFCM	Conseil Français du Culte Musulman
CNS	Coalition Nationale Syrienne
DAP	Direction de l'Administration Pénitentiaire
DCRI	Direction centrale du renseignement intérieur crée en 2008
DGSI	Direction générale de la sécurité intérieure remplaçant la DCRI à compter de mai 2014
DPS	Détenus Particulièrement Surveillés
DST	Direction de la sécurité du territoire fusionnée dans la DCRI en 2008
EMS	Etat-major de sécurité, sous-direction de la DAP
EMS 3	Bureau chargé du suivi des DPS
ENSP	Ecole Nationale Supérieure de la Police
FLNC	Front de Libération National Corse Canal Historique , mouvement nationaliste corse
GIGN	Groupement d'Intervention de la Gendarmerie Nationale
PJ	Police judiciaire
QAFIP	Qatar Armed Forces Investment Portfolio
QIA	Qatar Investment Authority
RG	Renseignements généraux, fusionnés dans la DCRI en 2008
SDAT	La Sous-direction anti-terroriste (SDAT) de la direction centrale de la Police judiciaire
TRACFIN	Traitement du Renseignement et Action contre les Circuits FINanciers clandestins
Unifrance	Organisme français de soutien du cinéma à l'export

Sommaire

Prologue

Je suis Charlie

Photographies

1ère de couverture

Drapeau du Conseil National Syrien
et de l'Armée Syrienne Libre

Les trois couleurs représentent les dynasties Fatimides (vert), Omeyyades (blanc) et Abbasides (noir), symboles des musulmans chiites pour la première et sunnites pour les deux suivantes. Les trois étoiles représentent les trois minorités chrétienne, druze et alaouite.

4e de couverture

Je suis Charlie
slogan créé par Joachim Roncin